千년의 우리소설 6

끝나지 않은 사랑

천년의 우리소설 6
끝나지 않은 사랑

박희병·정길수 편역

2010년 6월 28일 초판 1쇄 발행
2023년 12월 11일 초판 5쇄 발행

펴낸이 한철희 | 펴낸곳 돌베개 | 등록 1979년 8월 25일 제406-2003-000018호
주소 (10881) 경기도 파주시 회동길 77-20 (문발동)
전화 (031) 955-5020 | 팩스 (031) 955-5050
홈페이지 www.dolbegae.co.kr | 전자우편 book@dolbegae.co.kr

책임편집 이경아·이옥란 | 편집 조성웅·좌세훈·소은주·권영민·김태권·김혜영
표지디자인 민진기디자인 | 본문디자인 이은정·박정영
제작·관리 윤국중·이수민 | 마케팅 심찬식·고운성
인쇄 한영문화사 | 제본 경인제책사

ⓒ 박희병·정길수, 2010

ISBN 978-89-7199-394-1 04810
ISBN 978-89-7199-282-1 (세트)

이 도서의 국립중앙도서관 출판시도서목록(CIP)은 e-CIP 홈페이지
(http://www.nl.go.kr/cip.php)에서 이용하실 수 있습니다.(CIP제어번호: CIP2010002133)

천년의 우리소설 6

끝나지 않은 사랑

- 안생전
- 주생전
- 하생기우전
- 월단단
- 이생규장전
- 만복사저포기

박희병 · 정길수 편역

돌베개

간행사

　이 총서는 위로는 신라 말기인 9세기경의 소설을, 아래로는 조선 말기인 19세기 말의 소설을 수록하고 있다. 즉, 이 총서가 포괄하고 있는 시간은 무려 천 년에 이른다. 이 총서의 제목을 '千년의 우리소설'이라 한 이유가 여기에 있다.

　근대 이전에 창작된 우리나라 소설은 한글로 쓰인 것이 있는가 하면 한문으로 쓰인 것도 있다. 중요한 것은 한글로 쓰였는가 한문으로 쓰였는가 하는 점이 아니다. 오늘날의 관점에서 볼 때 그런 것은 그다지 중요하지 않다. 정말 중요한 것은 문예적으로 얼마나 탁월한가, 사상적으로 얼마나 깊이가 있는가, 그리하여 오늘날의 독자가 시대를 뛰어넘어 얼마나 진한 감동을 받을 수 있는가 하는 점일 터이다. 이 총서는 이런 점에 특히 유의하여 기획되었다.

　외국의 빼어난 소설이나 한국의 흥미로운 근현대소설을 이미 접한 오늘날의 독자가 한국 고전소설에서 감동을 받기란 쉬운 일이 아니다. 우리 것이니 무조건 읽어야 한다는 애국주의적 논리는 이제 더 이상 통하지 않는다. 과연 오늘날의 독자가 『유충렬전』이나 『조웅전』 같은 작품을 읽고 무슨 감동을 받을 것인가. 어린 학생이든 혹은 성인이든, 이런 작품을 읽은 뒤 자기대로 생각에 잠기든가, 비통함을 느끼든가, 깊은 슬픔을 맛보든가, 심미적 감흥에 이르든가, 어떤 문제의식을 환기받든가, 역사나 인간에 대한 이해를 증진시키든가, 꿈과 이상을 품든가, 대체 그럴 수 있겠는가? 아마 그렇지 못할 것이다. 그럼에도 이런 종류의 작품은 대부분의 한국 고전소설 선집 속에 포함되어 있으며, 중고등학교에서도 '고전'으로 가르치고 있다. 그러니 한국 고전소설은 별 재미도 없고 별 감동도 없다는 말을 들어도 그닥 이상할 게 없다. 실로 학계든, 국어 교육이나 문학 교육의 현장이든, 지금껏 관습적으로 통용되어 온 고전소설에 대한 인식을 전면적으로 재검토해야 할 시점에 이르렀다. 이 총서는 이런 문제의식에서 출발한다.

 이 총서가 지금까지 일반인들에게 그리 알려지지 않은 작품들을 많이 수록하고 있음도 이 점과 무관치 않다. 즉, 이는 21세기의 한국인들에게 어필할 수 있는 새로운 한국 고전소설의 레퍼토리를 재구축하려는 시도인 것이다. 이 점에서 이 총서는 그렇고 그런 기존의 어떤 한국 고전소설 선집과도 다르며, 아주 새롭다. 하지만 이 총서는 맹목적으로 새로움을 위한 새로움을 추구하지는 않았으며, 비평적 견지에서 문예적 의의나 사상적·역사적 의의가 있는 작품을 엄별해 수록하였다. 그리하여 우리는 이 총서를 통해, 흔히 한국 고전소설의 병폐로 거론되어 온, 천편일률적이라든가, 상투적 구성을 보인다든가, 권선징악적 결말로 끝난다든가, 선인과 악인의 판에 박힌 이분법적 대립으로 일관한다든가, 역사적·현실적 감각이 부족하다든가, 시공간적 배경이 중국으로 설정된 탓에 현실감이 확 떨어진다든가 하는 지적으로부터 퍽 자유로운 작품들을 가능한 한 많이 독자들에게 소개하고자 한다.

  그러나 수록된 작품들의 면모가 새롭고 다양하다고 해서 그것으로 충분한 것은 아닐 터이다. 한국 고전소설, 특히 한문으로 쓰인 한국 고전소설은 원문을 얼마나 정확하면서도 쉽고 유려한 현대 한국어로 옮길 수 있는가의 여부에 따라 작품의 가독성은 물론이려니와 감동과 흥미가 배가될 수도 있고 반감될 수도 있다. 이 총서는 이런 점에 십분 유의하여 최대한 쉽게 번역하기 위해 많은 고심을 하였다. 하지만 쉽게 번역해야 한다는 요청이, 결코 원문을 왜곡하거나 원문의 정확성을 다소간 손상시켜도 좋음을 의미하지는 않는다. 이런 견지에서 이 총서는 쉬운 말로 번역해야 한다는 하나의 대전제와 정확히 번역해야 한다는 또 다른 대전제―이 두 전제는 종종 상충할 수도 있지만―를 통일시키기 위해 많은 노력을 기울였다.

한국 고전소설에는 이본異本이 많으며, 같은 작품이라 할지라도 이본에 따라 작품의 뉘앙스와 풍부함이 달라지는 경우가 비일비재하다. 그뿐 아니라 개개의 이본들은 자체 내에 다소의 오류를 포함하고 있다. 따라서 하나하나의 작품마다 주요한 이본들을 찾아 꼼꼼히 서로 대비해 가며 시시비비를 가려 하나의 올바른 텍스트, 즉 정본定本을 만들어 내는 일이 대단히 긴요하다. 이 작업은 매우 힘들고, 많은 공력功力을 요구하며, 시간도 엄청나게 소요된다. 이런 이유 때문이겠지만, 지금까지 고전소설을 번역하거나 현대 한국어로 바꾸는 일은 거의 대부분 이 정본을 만드는 작업을 생략한 채 이루어져 왔다. 하지만 정본 없이 이루어진 이 결과물들은 신뢰하기 어렵다. 정본이 있어야 제대로 된 한글 번역이 가능하고, 제대로 된 한글 번역이 있고서야 오디오 북, 만화, 애니메이션, 드라마, 영화 등 다른 문화 장르에서의 제대로 된 활용도 가능해진다. 뿐만 아니라 정본에 의거한 현대 한국어 역譯이 나와야 비로소 영어나 기타 외국어로의 제대로 된 번역이 가능해진다. 이런 점에서 본다면 작금의 한국 고전소설 번역이나 현대화는 대강 특정 이본 하나를 현대어로 옮겨 놓은 수준에 머무는 것이라는 한계를 대부분 갖고 있는바, 이제 이 한계를 넘어서야 할 시점에 이르렀다. 이 총서에 실린 대부분의 작품들은 2년 전에 내가 펴낸 책인 『한국한문소설 교합구해校合句解』에서 이루어진 정본화定本化 작업을 토대로 하고 있는바, 이 점에서 기존의 한국 고전소설 번역서들과는 전적으로 그 성격을 달리한다.

나는 『한국한문소설 교합구해』의 서문에서, "가능하다면 차후 후학들과 힘을 합해 이 책을 토대로 새로운 버전version의 한문소설 국역을 시도했으면 한다. 만일 이 국역이 이루어진다면 이를 저본으로 삼아 외국어로의 번역 또한 생각해 볼 수 있을 것이다"라고 말한 바 있다. 바야흐로, 한국 고전소설을 전공한 정길수 교수와의 공동 작업으로 이 총서를 간행함으로써 이런 생각을 실현할 수 있게 되어 대단히 기쁘게 생각한다.

이제 이 총서의 작업 방식에 대해 간단히 언급해 두고자 한다. 이 총서의 초벌 번역은 정교수가 맡았으며 나는 그것을 수정하는 작업을 하였다. 정교수의 노고야 말할 나위도 없지만, 수정을 맡은 나도 공동 작업의 취지에 어긋나지 않게 최선을 다했음을 밝혀 둔다. 한편 각권의 말미에 첨부한 간단한 작품 해설은, 정교수가 작성한 초고를 내가 수정하며 보완하는 방식으로 작업하였다. 원래는 작품마다 그 끝에다 해제를 붙이려고 했는데, 너무 교과서적으로 비칠 염려가 있는 데다가 혹 독자의 상상력을 제약할지도 모르겠다는 생각이 들어 이런 방식으로 바꾸었다.

이 총서는 총 16권을 계획하고 있다. 단편이나 중편 분량의 한문소설이 다수지만, 총서의 뒷부분에는 한국 고전소설을 대표하는 몇 종류의 장편소설과 한글소설도 수록할 생각이다.

이 총서는, 비록 총서라고는 하나, 한국 고전소설을 두루 망라

하는 데 목적이 있지 않다. 그야말로 '千년의 우리소설' 가운데 21세기 한국인 독자의 흥미를 끌 만한, 그리하여 우리의 삶과 역사와 문화를 주체적으로 돌아보고 성찰하는 데 도움이 될 만한, 그럼으로써 독자들의 심미적審美的 이성理性을 충족시키고 계발하는 데 보탬이 될 만한 작품들을 가려 뽑아, 한국 고전소설에 대한 인식을 바꾸고 확충하고자 하는 것이 본 총서의 목적이다. 만일 이 총서가 이런 목적을 어느 정도 달성했다는 평가를 받게 된다면 영어 등 외국어로 번역하여 비단 한국인만이 아니라 세계 각지의 사람들에게 읽혀도 좋지 않을까 생각한다.

2007년 9월
박희병

차례

간행사 4
작품 해설 183

- 안생전 | 성현 13
- 주생전 | 권필 21
- 하생기우전 | 신광한 65
- 월단단 | 서거정 93
- 이생규장전 | 김시습 125
- 만복사저포기 | 김시습 155

안생전

성현

안생安生[1]이란 사람이 살았는데, 서울의 명문가 출신이었다. 성균관 학생이었으나 성균관에 이름만 올려놓았을 뿐 가벼운 옷차림으로 살진 말을 타고 서울을 두루 돌아다니며 놀기를 일삼았다.

안생은 일찍이 아내를 잃고 혼자 살고 있었다. 그러다가 서울 동쪽 부잣집에 미녀가 살고 있는데 재상[2] 댁의 여종이라는 소문을 듣게 되었다. 안생은 후한 예물을 보내 청혼했으나 뜻을 이룰 수 없었다. 이때 마침 안생이 병에 걸리자 중매쟁이는 안생이 상사병에 걸려 죽을 지경에 이르렀다고 여종의 집에 거짓말로 겁을 주어 마침내 혼인을 성사시켰다.

---

1. **안생安生** 이륙李陸의 『청파극담』靑坡劇談에 실린 같은 이야기에는 안륜安楡이라고 이름을 밝혔다. 안륜은 성종成宗 때 이조참판을 지낸 김뉴金紐와 종형제간인데, 이륙은 김뉴에게 안륜의 이야기를 듣고 기록으로 남긴다고 했다.
2. **재상宰相** 이륙의 『청파극담』에서는 정현조鄭顯祖라고 이름을 밝혔다. 영의정 정인지鄭麟趾의 아들인 정현조는 세조世祖의 딸 의숙공주懿淑公主와 혼인하여 하성위河城尉에 봉해졌고 훗날 하성부원군河城府院君에 봉해졌다.

여자의 나이는 열일곱이나 열여덟 살쯤 되었고, 미모와 자태가 대단히 빼어났다. 두 사람 모두 기쁘고 흡족해서 사랑하는 마음이 날로 깊어졌다.

안생은 나이가 젊고 풍채가 아름다워 이웃 사람들의 부러움을 샀는데, 처가에서도 역시 훌륭한 사위 얻은 것이 기뻐 아침저녁으로 진수성찬을 차려 주었으며, 재산의 태반을 안생에게 주었다. 그러자 그 집의 다른 사위들이 안생을 시기하여 재상에게 하소연했다.

"저희 장인이 새 사위를 얻은 뒤로 재산을 모두 주어서 날이 갈수록 살림이 어려워집니다."

재상은 노하여 말했다.

"내 허락도 없이 제멋대로 사위를 맞다니, 중한 벌로 다스려 모두에게 경각심을 줄 테다."

재상은 즉시 사나운 종 몇을 부려 안생의 장인과 아내를 잡아오게 했다.

이때 안생은 아내와 마주 앉아 밥을 먹고 있다가 별안간 급박한 일을 당하고는 당황하여 어찌할 바를 몰랐다. 두 사람은 서로를 부둥켜안고 통곡하며 두 손을 굳게 잡고 있을 따름이었다.

안생의 아내는 잡혀가서 재상 댁 깊숙한 방에 갇혔다. 몇 겹의 문에 높은 담장으로 가로막혀 안팎이 완전히 단절된 곳이었기에 안생으로서는 어찌해 볼 도리가 없었다. 안생은 처가와 함께 돈을 마련하여 재상 댁 종과 문지기를 매수하고는 밤을 틈타 담장을 넘어 아내를 만났다. 안생은 또 재상 댁 옆의 작은 가게를 사서 그곳을 만남의 장소로 삼았다.

하루는 처가에서 안생의 아내에게 붉은 신발 한 켤레를 보냈다. 안생의 아내가 그 신발을 계속 만지작거리며 놓지 않자 안생이 농담을 건넸다.

"이 좋은 걸 신고 장차 누구를 즐겁게 하려 하오?"

아내가 정색을 하고 말했다.

"우리가 사랑을 맹세했던 말이 눈앞에 또렷하건만 당신은 왜 이런 말을 하세요?"

아내는 즉시 차고 있던 칼을 풀어 신발 한 짝을 갈기갈기 찢어 버렸다.

또 하루는 하얀 적삼을 바느질하고 있는데, 안생이 또 같은 농담을 했다. 아내는 얼굴을 가리고 울며 말했다.

"저는 당신을 저버리지 않았거늘 당신은 정말 저를 저버리는군요."

그러더니 적삼을 더러운 물에 던져 버렸다. 안생은 아내의 지조에 내심 감복하여 사랑하는 마음이 더욱 깊어졌다.

이로부터 저녁이면 갔다가 새벽이면 돌아오는 일을 되풀이하며 몇 달을 지냈다. 그러던 차에 재상이 이 사실을 알게 되어 몹시 성을 내며 안생의 아내를 총각 하인에게 시집보내겠다고 했다. 안생의 아내는 흔쾌히 말했다.

"일이 이미 이렇게 되었으니 내가 수절할 필요가 있겠습니까?"

그러고는 혼례에 쓸 물품을 손수 준비하더니 궁궐[3] 사람들을 모두 초청하여 진수성찬을 대접하는 것이었다. 사람들은 모두 안생의 아내가 개가改嫁하는 줄 생각했고, 그중 어떤 이들은 이랬다저랬다 하는 신의 없는 태도를 미워하였다.

안생의 아내는 그날 밤 몰래 다른 방으로 가서 목을 매어 자살했다. 안생은 그 일을 알지 못했다.

이튿날 안생이 본가에 있는데 한 소녀가 들어와 말했다.

"낭자께서 오셨습니다."

안생이 신발을 거꾸로 신고 허겁지겁 문밖으로 달려나가자 소녀는 대뜸 이렇게 말했다.

"낭자는 어젯밤에 죽었습니다."

안생은 웃으며 그 말을 믿지 않았고, 무슨 뜻에서 그런 말을 하는지도 더 묻지 않았다.

안생은 아내와 밀회하던 가게로 갔다. 집 안에 평상을 놓고 이불로 시신을 덮어 둔 것이 보였다. 안생은 목 놓아 통곡하며 다리를 치고 가슴을 쳤다. 이웃에서 그 통곡 소리를 듣고 오열하지 않는 이가 없었다.

❧ ❧ ❧

3. 궁궐　정현조와 의숙공주가 사는 부마궁駙馬宮을 말한다.

이때 큰비가 내려 하천이 범람하면서 서울 동쪽 지역의 통행이 막혔다. 안생은 장례 물품을 손수 마련하여 아내의 빈소를 차리고 아침저녁으로 제사를 지내며 밤에도 잠을 자지 않았다.

밤이 깊어 잠깐 선잠이 들었는데, 아내가 밖에서 들어왔다. 평소의 모습 그대로였다. 안생이 다가가 말하려 하는 차에 문득 꿈에서 깨어났다. 방 안을 빙 둘러보니 창은 고요하고 종이 장막이 바람에 흔들리며 외로운 등불이 깜박이고 있을 따름이었다. 안생은 비명을 지르며 기절했다가 얼마 뒤에 깨어났다.

사흘 뒤, 구름이 흩어지고 비가 개었다. 안생은 달빛을 받으며 본가로 향했다. 발길 가는 대로 혼자 걷다가 수강궁[4] 동문에 이르렀을 때는 이미 밤 10시 무렵이었다. 곱게 단장하고 머리를 높게 틀어 올린 여인 하나가 앞서거니 뒤서거니 안생과 같은 길을 걷고 있는 것이었다. 안생이 뒤따라가며 살펴보니 기침하고 한숨을 쉬는 것이 모두 아내의 예전 모습과 똑같았다. 안생은 비명을 지르며 달아났다.

굽이진 도랑에 이르자 여인은 또 안생의 곁에 앉았다. 안생은 돌아보지 않고 떠났다. 집에 도착하자 여인은 또 문밖에 앉았다. 안생이 큰 소리로 종을 부르자 여인은 모탕[5] 구멍 속으로 들어가

---

4. **수강궁壽康宮** 창경궁昌慶宮의 별전別殿.
5. **모탕** 나무를 자르거나 장작을 팰 때 받쳐 놓는 나무.

몸을 숨기더니 아무 흔적도 없이 사라졌다. 안생은 정신이 멍해져 바보가 된 듯 미치광이가 된 듯싶었다.

  한 달 남짓 지나 안생은 예를 갖추어 아내를 장사 지냈다. 그러고는 얼마 지나지 않아 안생 또한 죽었다.

주생전

권필

주생周生의 이름은 회檜이고, 자字는 직경直卿이며, 호號는 매천梅川이다. 대대로 전당¹에 살았는데, 부친이 촉주 자사²의 보좌관이 되어 촉주로 옮겨가 살았다.

주생은 어려서부터 총명하여 시를 잘 지었다. 열여덟 살에 태학³에 들어가서는 동급생들의 추앙을 받았으며 스스로 자부하는 마음 또한 작지 않았다. 그러나 태학에서 공부하는 몇 년 동안 연거푸 과거에 낙방하자 한탄하며 이렇게 말했다.

"이 세상 속의 사람이란 티끌 속에 깃들어 사는 가녀린 풀잎과 같을 따름이야. 명성이라는 굴레에 속박되어 티끌 속에서 골몰하다가 내 인생을 마쳐서야 되겠는가!"

그 뒤로는 마침내 과거 볼 생각을 완전히 끊어 버렸다. 상자를

---

1. **전당錢塘** 지금의 중국 절강성浙江省 항주시杭州市.
2. **촉주 자사蜀州刺史** 지금의 중국 사천성 지역에 해당하는 촉주蜀州의 지방장관.
3. **태학太學** 수도에 설치한 국립대학, 곧 성균관成均館.

엎어 보니 수천 냥 돈이 있었다. 그 절반으로 배를 한 척 사서 강과 호수를 오갔고, 나머지 반으로는 온갖 잡화들을 사들였다가 그때그때 팔아 생계를 꾸렸다. 아침에는 오나라 땅[4]으로 갔다가 저녁에는 초나라 땅[5]으로 가며 사노라니 마음이 흡족했다.

하루는 악양성[6] 밖에 배를 대고 성 안으로 걸어 들어가 친하게 지내던 나생羅生의 집을 방문했다. 나생 역시 빼어난 선비였는데, 주생을 보고는 매우 기뻐하며 술을 사 왔다. 즐겁게 술을 마신 두 사람은 모르는 사이에 퍽 취해 버렸다. 주생이 배로 돌아왔을 때에는 이미 날이 캄캄했다.

이윽고 달이 떠올랐다. 주생은 닻을 풀어 배를 중류로 흘려보내 놓고는 삿대에 기대어 곤히 잠들었다. 배는 바람을 받아 쏜살같이 달렸다.

주생이 잠에서 깨어나 보니 안개에 싸인 절에서 종소리가 들려왔고 달은 서편에 걸려 있었다. 양쪽 강가에는 푸른 나무가 어슴푸레 보이고 새벽빛이 어둑했는데, 때때로 비단 등롱燈籠과 은銀 등촉의 불빛이 붉은 난간과 비췻빛 주렴 사이로 어른거렸다. 누군가에게 물으니 이곳은 전당이라고 했다. 주생은 시 한 편을 지어 읊었다.

---

4. 오나라 땅 지금의 강소성江蘇省 지역.
5. 초나라 땅 지금의 호남성湖南省과 호북성湖北省 지역.
6. 악양성岳陽城 호남성 악양현岳陽縣에 있는 성.

악양성 밖에서 삿대에 기댔더니
밤사이 바람 불어 취향醉鄕[7]에 들어섰네.
두견새 소리에 새벽 봄 달이 밝은데
몸이 이미 전당에 있어 흠칫 놀라네.

아침이 되었다. 배에서 내려 예전에 살던 동네로 가서 친구들을 찾아보니 그중 반은 이미 세상을 떴다고 했다. 주생은 시를 읊조리기도 하고 휘파람을 불기도 하면서 서성이며 차마 발길을 돌리지 못했다.

기녀 배도裵桃라는 이는 주생이 어린 시절 몹시 친하게 지내던 사람이었다. 재주와 미모가 전당에서 으뜸이었는데, 사람들은 그녀를 '배랑裵娘'이라고 불렀다. 주생은 배도의 집을 찾아갔다. 배도는 매우 정답게 주생을 맞이했다. 주생은 배도에게 이런 시를 지어 주었다.

하늘가 방초芳草에 몇 번이나 옷을 적셨던가[8]
만리 밖에서 돌아오니 눈에 뵈는 족족 달라졌네.
두추[9]의 노랫소린 옛날 그대로인데

---

7. **취향醉鄕** 술에 취해 정신이 몽롱한 상태.
8. **하늘가 방초芳草에~옷을 적셨던가** 고향을 떠난 지 여러 해가 되었다는 뜻.
9. **두추杜秋** 당나라의 명기名妓. 여기서는 배도를 가리킨다.

석양에 작은 누각 주렴이 걷혀 있네.

배도가 깜짝 놀라며 말했다.
"서방님은 이런 재주를 가지셨으니 오랫동안 남의 아랫자리에 있을 사람이 아니거늘, 무엇 때문에 이처럼 정처 없이 떠돌아다니시나요?"
이어서 또 물었다.
"결혼은 하셨나요?"
"아직 안 했소."
배도가 웃으며 말했다.
"서방님께선 배로 돌아가지 말고 그냥 저희 집에 머물러 계세요. 제가 서방님을 위해 좋은 짝을 구해 드릴게요."
배도는 주생에게 마음을 품게 되었기에 그런 말을 한 것이었다. 주생 역시 배도의 고운 자태에 흠뻑 반하여 웃으며 이렇게 사례했다.
"감히 바라지 못하던 바요."
정답게 앉아 있는 사이에 날이 벌써 저물었다. 배도는 여종에게 분부하여 주생을 별실別室로 안내하게 했다. 주생이 방에 들어가 벽을 보니 절구[10] 한 편이 적혀 있었는데 몹시 참신한 시였다.

---
10. **절구**絕句 네 구句로 이루어진 한시 형식.

여종에게 물으니 주인아씨가 지은 시라고 했다. 시는 이러했다.

비파로 「상사곡」[11] 연주하지 마오
음악소리 높아질 때 더욱 애가 끊어지오.
꽃 그림자 주렴에 가득해도 찾는 사람 없나니
봄날 황혼녘에 얼마나 혼자 지냈던고?

주생은 배도의 미모에 반했던 데다 배도의 빼어난 시까지 보고는 마음을 온통 빼앗겨 머릿속의 모든 생각이 하얗게 재로 변하였다. 차운시[12]를 지어 배도의 마음을 떠보고 싶은 마음이 들어 생각을 모으며 고심했지만 끝내 시를 짓지 못했다.

밤이 이미 깊었다. 보이는 것이라곤 땅에 가득한 달빛과 무성한 꽃 그림자뿐이었다. 그 속을 배회하고 있는데, 문득 문밖에 말 울음소리와 사람들의 말소리가 들리더니 한참이 지나서야 조용해졌다. 주생은 무슨 일인가 자못 궁금했지만 까닭을 알 수 없었다. 멀지 않은 곳에 배도의 방이 있었는데, 비단 창 안으로 붉은 등불이 환히 켜 있는 것이 보였다. 주생은 가만히 가서 배도를 엿보았다. 배도는 홀로 앉아 채운전[13]을 펼쳐 놓고 「접련화」[14] 노랫

---

11. **「상사곡」相思曲** 님 그리는 마음을 담은 악곡 이름.
12. **차운시次韻詩** 다른 시의 운韻이 되는 글자를 그대로 써서 지은 시.
13. **채운전彩雲牋** 좋은 종이 이름.

말을 만들고 있었는데, 앞부분만 지어 놓고 뒷부분을 미처 짓지
못하고 있었다. 그때 주생이 갑자기 창문을 열고 말했다.
"주인이 노랫말 짓는 걸 손님이 도와도 되겠소?"
배도는 화난 체하며 말했다.
"미친 손님이로군요, 여기까지 들어오시다니."
"손님은 원래 미친 사람이 아니거늘 주인이 손님을 미치게 하
는구려."
배도가 그제야 미소 지으며 주생에게 노랫말을 완성하라고 했
다. 그 노랫말은 다음과 같았다.

  작은 집 가득 봄기운이 흐드러져
  달은 꽃가지에 걸리고
  오리 향로에선 연기가 하늘하늘.
  창 안의 고운 님은 시름으로 늙어 가거늘
  근심스레 잠 깨니 방초芳草가 아리땁네.

  길 잃고 봉래도蓬萊島에 들어왔다가
  누가 알았으리, 두목[15]이

---

14. 「접련화」蝶戀花 사詞의 레퍼토리의 하나.
15. 두목杜牧 당나라의 시인. 미남인 데다 풍류남아로 유명했다. 여기서는 주생을 가리킨다.

방초[16]를 찾게 될 줄을?

잠 깨어 문득 새소리 들리는데

비췻빛 주렴에 그림자 없고 붉은 난간에 새벽빛이 비치네.

노랫말 짓기가 끝나자 배도가 일어나 약옥선[17]에 서하주[18]를 따라 주생에게 권했다. 주생은 마음이 술 마시는 데 있지 않았으므로 사양하고 마시지 않았다. 배도는 주생의 마음을 알아차리고 처연히 자신의 처지를 털어놓았다.

"저희 가문은 본래 호족豪族이었답니다. 할아버지는 천주[19] 시박사[20]의 제거[21]를 지내셨는데, 죄를 지어 벼슬을 잃고 평민이 되셨어요. 그 뒤로 자손들이 가난을 면치 못해 집안을 다시 일으키지 못했지요.

저는 조실부모하고 남의 집에서 자라 지금에 이르렀어요. 정절을 지키며 깨끗하게 살고 싶었지만 기적妓籍에 이름을 올린 처지인지라 어쩔 수 없이 남을 위해 잔치를 벌이며 억지로 즐겨야 했어요. 하지만 한가로이 혼자 있을 때마다 꽃을 보면 눈물을 삼켰

---

16. 방초芳草 배도를 가리킨다.
17. 약옥선藥王船 옥처럼 광택이 나게 구운 돌로 만든 술잔.
18. 서하주瑞霞酒 술 이름.
19. 천주泉州 복건성福建省의 고을 이름.
20. 시박사市舶司 상선商船을 관리하고 관세를 징수하던 관서 이름.
21. 제거提擧 시박사의 최고 책임자.

고 달을 보면 넋이 녹아내렸답니다.

지금 서방님의 훌륭한 풍채와 빼어난 재주를 보니, 제가 비록 천한 몸이지만 잠자리 시중을 들고 영원히 곁에서 모시고 싶은 마음입니다. 서방님께서 훗날 과거에 급제하여 높은 벼슬에 오르신 뒤에 제 이름을 기적에서 빼내어 조상의 이름을 더럽히지 않게 해 주신다면 그것으로 제 소원은 모두 이루어지는 거예요. 훗날 저를 버리고 평생 돌아보지 않으신다 해도 은혜에 감사할 뿐 어찌 감히 원망하는 마음이 있겠습니까?"

말을 마치고는 비 오듯 눈물을 쏟았다. 주생은 그 말에 몹시 감동해서 다가가 배도의 허리를 안고는 소매로 눈물을 닦아 주며 말했다.

"그 정도는 대장부가 감당할 수 있는 일일세. 굳이 그런 말까지 안 하더라도 설마 내가 그리 무정한 사람이겠나?"

배도가 눈물을 거두고 낯빛을 고치더니 이렇게 말했다.

"『시경』詩經에도 이런 구절이 있잖아요. '여자는 신의를 지키건만 남자는 이랬다저랬다 한다'[22]고. 서방님께선 이익과 곽소옥[23]의 일을 모르십니까? 서방님이 만일 나를 버리지 않겠다면 서약서를 써 주세요."

---

22. **여자는 신의를~이랬다저랬다 한다** 『시경』 위풍衛風 「맹」氓의 한 구절.
23. **이익과 곽소옥** 당나라의 전기소설傳奇小說 「곽소옥전」霍小玉傳의 남녀 주인공. 이익李益이 곽소옥霍小玉을 배신하자 곽소옥은 원망을 품고 죽었다.

그러더니 최고급의 비단 한 자를 꺼내 주생에게 주는 것이었다. 주생은 붓을 휘둘러 이렇게 썼다.

청산은 늙지 않고, 녹수는 길이 흐르네.
그대가 나를 믿지 못한다면 하늘의 밝은 달에 맹세하노라.

쓰기를 마치자 배도는 주생이 써 준 서약서를 정성껏 봉투에 담아 치마띠 속에 간직했다. 그날 밤 두 사람이 「고당부」를 노래하니[24] 짝을 찾은 두 사람의 기쁨은 김생과 취취,[25] 위랑과 빙빙[26]보다 더했다.

이튿날, 주생은 밤사이 사람들의 말소리와 말 울음소리가 들린 이유를 물었다. 배도는 이렇게 대답했다.

"여기서 몇 리 떨어진 곳 물가에 붉은 대문 집이 있는데, 바로 승상丞相을 지내신 노盧 아무개 댁이어요. 승상이 돌아가신 뒤로 부인은 미혼인 아드님 한 분, 따님 한 분과 함께 살며 날마다 가무 구경하는 걸 소일거리로 삼고 계셔요. 어젯밤도 승상 부인이

---

24. 「고당부」를 노래하니 깊은 사랑을 나누었다는 뜻. 「고당부」高唐賦는 송옥宋玉이 지은 부賦 이름으로, 초나라 회왕懷王과 무산巫山 여신의 사랑을 노래한 작품이다.
25. 김생金生과 취취翠翠 『전등신화』剪燈新話에 수록된 「취취전」翠翠傳의 남녀 주인공 김정金定과 취취를 가리킨다.
26. 위랑魏郎과 빙빙娉娉 『전등여화』剪燈餘話에 실린 「가운화환혼기」賈雲華還魂記의 남녀 주인공 위붕魏鵬과 가빙빙賈娉娉을 가리킨다.

말을 보내 저를 초대하셨지만, 저는 서방님 때문에 병을 핑계로 거절했던 거예요."

이날 이후 주생은 배도에게 완전히 빠져 모든 일을 전폐하고 온종일 배도와 함께 비파를 타고 술을 마시며 웃고 즐겼다.

어느 날 점심 가까울 무렵, 갑자기 문 두드리는 소리가 들렸다.

"배랑裵娘 계시오?"

배도가 아이더러 나가 보게 하니 승상 댁 하인이 온 것이었다. 하인은 부인의 말을 전했다.

"노마님께서 작은 잔치를 베풀려 하시는데, 배랑이 없으면 흥이 나지 않는다고 말을 보내셨어요. 번거롭다 여기지 말아 주십쇼!"

배도가 주생을 돌아보고 말했다.

"귀하신 분의 분부를 거듭 받았으니 따르지 않을 수 있겠어요?"

배도는 즉시 단장을 하고 옷을 갈아입은 뒤 집을 나섰다. 주생이 배도의 귀에 대고 말했다.

"밤새우고 오면 안 되오!"

주생은 문밖까지 나와 배도를 전송하며 밤새고 오지 말라는 말을 서너 번이나 되풀이했다.

배도가 말을 타고 떠났다. 사람은 날랜 제비 모양, 말은 하늘을 나는 용 모양, 꽃과 버드나무 사이로 어른거리며 멀어져갔다. 주생은 마음을 억누를 수 없어 배도의 뒤를 좇아 달려갔다.

용금문[27]을 나서서 수홍교[28]에 이르니 과연 구름이 연이어 있는 듯한 저택이 보였다. 바로 물가에 있다던 붉은 대문 집이었다. 온갖 문양이 아로새겨진 굽은 난간이 푸른 버드나무와 붉은 살구나무 사이로 반쯤 모습을 드러내고 있었고, 생황과 피리의 아름다운 가락이 아득히 하늘에 메아리쳤다. 때때로 음악이 그치면 또랑또랑한 웃음소리가 밖으로 흘러나왔다. 주생은 다리 위에서 서성이다가 옛날풍의 시 한 편을 지어 기둥에 썼다.

> 버드나무 너머 호수 있고, 호수 위엔 다락집
> 붉고 푸른 기와에 봄빛이 비치네.
> 향그런 바람에 웃음소리 실려 오지만
> 꽃에 가려 다락집 속 사람은 보이지 않네.
> 부러워라 꽃 사이를 나는 제비 한 쌍이여
> 마음대로 주렴 속을 날아드나니.
> 서성이며 차마 발길 돌리지 못하는데
> 석양의 고운 물결 나그네 시름 더하네.

---

27. **용금문湧金門** 항주杭州의 서쪽 성문. 서호西湖에 임해 있었다.
28. **수홍교垂虹橋** 항주의 다리 이름으로, 무지개 모양이기에 이런 이름을 붙였다.

서성이는 사이에 차츰 석양은 붉게 물들고, 저물녘 안개는 푸른빛을 띠고 있었다. 이윽고 젊은 여성 한 무리가 붉은 문에서 말을 타고 나오는데, 금빛 안장과 옥으로 만든 재갈에서 나오는 광채가 사람에 비치었다. 주생은 배도가 그중에 있으리라 여기고는 즉시 길가 빈 가게 안으로 몸을 숨긴 채 그들을 엿보았다. 십여 명을 하나하나 다 살펴보았지만 배도는 보이지 않았다. 주생이 몹시 의심스러운 마음에 다리 옆으로 돌아가 보니 이미 말 탄 일행은 멀리 떠나간 뒤였다.

주생은 곧장 붉은 대문 안으로 들어갔다. 한 사람도 보이지 않았다. 계속해서 다락집 아래까지 가 보았으나 역시 한 사람도 보이지 않았다. 의심이 걱정으로 바뀔 즈음에 희미한 달빛이 비쳐 다락집 북쪽에 있는 연못이 보였다. 연못가에는 온갖 꽃들이 싱그럽게 피어 있고, 꽃들 사이로 구불구불 좁은 오솔길이 나 있었다. 주생은 가만히 길을 따라 걸어갔다.

꽃길 끝까지 가니 집이 하나 있었다. 계단을 올라 서쪽으로 꺾어서 수십 걸음을 걷자 멀리 포도 시렁 아래로 집이 보였다. 작지만 매우 화려한 집이었다. 비단 창이 반쯤 열려 있어 안을 들여다보니 아름다운 등불이 환하게 밝혀져 있고 등불 그림자 아래로 붉은 치마와 푸른 소매가 어른거리며 오가는 것이 마치 그림 속 풍경 같았다.

주생은 몸을 숨기고 다가가 숨죽여 방 안을 엿보았다. 금빛 병풍이며 화려한 이부자리에 눈이 휘둥그레졌다. 자주색 비단저고리를 입은 부인이 백옥으로 만든 책상에 기대 앉아 있었는데, 나이는 쉰 살 가까이 되어 보였다. 조용히 앉아 좌우를 둘러보는데 참으로 맵시 있는 자태였다.

부인의 곁에는 열네댓 살쯤 된 소녀가 앉아 있었다. 구름처럼 풍성한 검은 머리에 두 뺨은 취한 듯 연분홍색을 띠고 있었다. 반짝이는 눈을 옆으로 돌릴 때면 흐르는 물결에 비친 가을 달 같고, 어여쁘게 웃음 지을 때마다 생기는 보조개는 봄꽃이 새벽이슬을 머금은 모습 같았다. 부인과 소녀의 사이에 앉은 배도의 모습은 봉황의 곁에 선 올빼미만도, 진주 곁에 놓인 조약돌만도 못해 보였다.

주생은 구름 너머로 넋이 날아간 듯, 하늘 위로 마음이 날아다니는 듯했다. 미친 듯이 소리 지르며 방 안으로 뛰어들고 싶은 마음이 몇 번이나 일어났다.

술을 한 잔씩 마시고 난 뒤 배도가 돌아가야겠다고 하자 부인이 완강히 만류했다. 배도가 더욱 간절히 돌아가기를 청하자 부인은 이렇게 말했다.

"낭자가 전에는 이러지 않더니 오늘은 왜 이리 급히 가려고 하는가? 좋아하는 사람과 약속이라도 있는 겐가?"

배도가 옷깃을 여미고 자리에서 물러나 앉으며 대답했다.

"마님께서 물으시는데 제가 어찌 사실대로 말씀드리지 않을 수 있겠습니까."

그러더니 주생과 인연을 맺은 일을 자세히 말하는 것이었다. 부인이 미처 뭐라 말하기 전에 소녀가 미소 지으며 배도에게 눈길을 돌리더니 이렇게 말했다.

"왜 진작 말하지 않았어요? 하룻밤 좋은 만남을 망칠 뻔했네요."

부인 역시 웃더니 돌아가기를 허락했다.

주생은 재빨리 뛰어나와 배도의 집으로 먼저 돌아와서는 이불을 끼고 누워 잠든 체하며 우레처럼 코 고는 소리를 냈다. 뒤이어 돌아온 배도는 자고 있는 주생의 모습을 보더니 즉시 손으로 부축해 일으키며 말했다.

"서방님은 지금 무슨 꿈을 꾸셔요?"

주생은 배도의 말이 끝나자마자 시를 읊었다.

꿈에 오색구름 휩싸인 요대[29]에 가서
화려한 장막 안에서 선아[30]를 보았지.

배도가 화난 기색으로 힐난했다.

---

29. 요대瑤臺 신선이 산다는 곳.
30. 선아仙娥 선녀.

"'선아'라니 대체 누구예요?"
주생은 대답할 말이 없자 시를 마저 지었다.

잠 깨 보니 기뻐라 선아가 와 있네
꽃과 달이 집에 가득하니 어이할까나.

그렇게 시를 읊고 주생은 배도의 등을 어루만지며 말했다.
"그대가 나의 선아 아닌가?"
배도가 웃으며 말했다.
"그렇다면 서방님은 저의 선랑[31]이시로군요?"
그로부터 두 사람은 상대방을 '선랑'과 '선아'라고 불렀다. 주생은 배도에게 늦게 온 이유를 물었다.
"잔치가 끝난 뒤 부인께서 다른 기녀들은 모두 돌려보내고 그 댁 따님 선화仙花의 방에 저만 따로 남게 하시더니 작은 술상을 또 베푸셨기에 조금 늦게 됐어요."
주생이 좀 더 자세히 캐묻자 배도는 이렇게 말했다.
"선화는 자字가 방경芳卿이에요. 나이는 이제 막 열다섯이 되었지요. 용모와 자태가 곱고 우아해서 속세의 사람이 아닌 듯해요. 노랫말도 잘 짓고 자수도 잘하니 저는 감히 꿈도 꿀 수 없는 사람

---

31. 선랑仙郎 신선.

이랍니다. 선화가 어제 「풍입송」[32] 노랫말을 새로 짓고는 여기에 곡조를 붙이려 했는데, 제가 음악을 할 줄 알기에 머물러 함께 곡조를 만들어 보았던 거지요."

"노랫말을 한번 들어볼 수 있겠소?"

배도가 낭랑한 목소리로 노랫말을 읊었다.

    창가에 꽃은 흐드러지고 해는 더디 가는데
    고요한 집에 주렴을 드리우네.
    모랫가엔 청둥오리 석양을 받으며
    부럽게도 봄물에 쌍쌍이 몸을 씻누나.
    버드나무 너머로 안개가 자욱하고
    안개 속엔 실버들이 하늘거리네.

    미인이 잠 깨어 난간에 기댈 때
    근심으로 미간을 찡그리네.
    제비새끼는 지지배배, 꾀꼬리 소리는 늙어 가는데
    한스러워라 내 청춘 꿈속에서 쇠해 가네.
    비파 잡고 한 시울 타 보지만
    노래 속에 깃든 원망 그 누가 알리?

---

32. 「풍입송」風入松 사詞의 레퍼토리의 하나.

배도가 한 구절씩 욀 때마다 주생은 마음속으로 그 기이함에 탄복했다. 주생은 배도에게 거짓으로 이렇게 말했다.

"이 노랫말은 규방 여인의 봄날 마음을 곡진하게 그려 냈으니, 비단에 시를 수놓던 소약란[33]의 솜씨가 아니고서는 쉽게 도달할 수 없는 경지야. 그렇긴 하지만 우리 선아의 글 솜씨에는 아직 미칠 수 없겠어."

주생은 선화를 본 뒤로 배도를 향한 마음이 이미 식어 버렸다. 말을 주고받을 때에도 억지로 웃음 지으며 기뻐하는 척할 뿐 마음속엔 온통 선화 생각뿐이었다.

어느 날 부인은 어린 아들 국영國英을 불러 이렇게 분부했다.

"네 나이가 벌써 열두 살인데 아직 공부를 시작하지 않았으니 훗날 성인이 되어 어찌 자립할 수 있겠느냐? 배랑의 남편 주생이 글 잘하는 선비라고 들었다. 주생에게 가서 배움을 청하는 것이 좋겠구나."

부인이 집안을 다스리는 법도가 매우 엄했기에 국영은 감히 분부를 거역하지 못하고 그날로 즉시 책을 들고 주생에게 갔다. 주생은 마음속으로 기뻐하여 '이제 됐구나!' 생각하며, 재삼 겸손

---

33. **소약란蘇若蘭** 전진前秦 때의 여성 문인. 남편 두도竇滔가 조양대趙陽臺라는 애첩을 얻고는 다른 지방에 부임하면서 양대陽臺만을 데리고 간 뒤 소식을 끊자 자신이 지은 시를 비단에 수놓아 두도에게 보냈는데, 두도가 이에 감동하여 다시 예전처럼 소약란을 사랑하게 되었다는 고사가 전한다.

하게 사양한 뒤 마침내 국영을 가르치기로 했다.

어느 날 주생은 배도가 집에 없는 때를 기다렸다가 조용히 국영에게 말했다.

"수업받으러 오가기가 몹시 힘들겠구나. 너희 집에 빈 방이 있어 내가 너희 집으로 옮겨갈 수 있다면 너는 오가는 고생을 하지 않을 거고 나도 너를 가르치는 일에만 전념할 수 있을 텐데 말이다."

국영이 감사하며 말했다.

"참으로 바라던 바이옵니다."

국영은 집으로 돌아가 부인에게 사정을 고하고 그날로 주생을 맞이해 왔다. 배도가 돌아와 이 사실을 알고는 깜짝 놀랐다.

"선랑은 다른 여자가 생기셨나요? 저를 버리고 다른 곳으로 가시겠다니 대체 어찌된 일이어요?"

"듣자니 승상 댁 장서가 3만 권이나 되는데, 부인께서 승상의 옛 물건을 함부로 집 밖에 내놓으려 하지 않으신다는군. 그래서 그 댁으로 들어가 세상에 보지 못한 책들을 읽어 보려는 거야."

"서방님이 열심히 공부하는 게 제게는 복이지요."

주생은 승상의 집으로 거처를 옮기긴 했지만 낮에는 국영과 함께 지내고 밤에는 집 안의 문단속이 철저해서 뾰족한 수를 낼 수가 없었다. 고민으로 잠 못 이루며 열흘을 보내더니 문득 이런 생각이 들었다.

'내가 여기 온 건 본래 선화를 만나보기 위해서였건만, 지금 좋은 봄날이 다 지나가는데 아직도 만남을 이루지 못하고 있어. 황하가 맑아지기를 기다리자니 사람의 수명이 얼마나 될까? 차라리 깊은 밤에 선화의 방으로 뛰어드는 게 낫지 않을까? 잘되면 높은 감투고, 안 되면 죽기밖에 더하겠어.'[34]

그날 밤은 달이 없었다. 주생은 몇 겹 담장을 넘어 선화의 방 앞에 이르렀다. 복도가 구불구불하고 주렴과 장막이 겹겹이 쳐 있었다. 한참을 응시하니 인기척은 전혀 없고 다만 선화가 불을 밝힌 채 연주하는 모습이 보일 뿐이었다. 주생은 난간 사이에 몸을 숨기고 선화의 연주를 들었다. 선화는 연주를 마치더니 작은 소리로 소동파蘇東坡의 「하신랑」[35]을 노래했다. 그 노랫말은 이랬다.

주렴 밖에 그 누가 문을 밀쳐서
요대瑤臺 노래 부르던 단꿈을 깨우나.
누군가 했더니
대숲에 부는 바람소리네.

주생이 즉시 주렴 아래에서 작은 소리로 읊조렸다.

---

34. **잘되면~죽기밖에 더하겠어** 『사기』史記「오자서열전」伍子胥列傳에 나오는 말. 여기서는 '모 아니면 도'라는 뜻.
35. **「하신랑」**賀新郎 사詞의 레퍼토리의 하나.

바람소리라 하지 마오
진짜 님이 오셨으니.

선화가 못 들은 척 불을 끄고 잠자리에 들자 주생은 안으로 들어와 잠자리를 함께했다. 선화는 나이가 어린 데다 몸도 약해서 정사情事를 견디지 못하더니 이윽고 엷은 구름 사이로 촉촉히 비가 내리면서 버들 같은 자태에 꽃 같은 아름다움을 내뿜고 보드랍고 달콤한 말을 속삭이며 얼굴을 살짝 찡그려 웃음 지었다. 주생은 벌과 나비가 꽃을 탐하듯 정신이 아득히 녹아내려 새벽이 밝아 오는 줄도 몰랐다.

문득 맑은 꾀꼬리 소리가 난간 밖 꽃밭에서 들려 왔다. 주생은 깜짝 놀라 문밖으로 나갔다. 고요한 연못에 새벽 기운이 아슴푸레했다. 선화는 문밖으로 나가 주생을 전송하고는 문을 닫고 들어오며 말했다.

"앞으로 다시는 오지 마세요. 비밀이 누설되면 목숨이 위태로울 거예요."

주생은 가슴속이 꽉 막히며 목이 메어 왔다. 주생은 뛰어가며 말했다.

"간신히 좋은 인연을 맺었건만 왜 이리 야박하게 대하시오?"

"방금 한 말은 농담이에요. 노여워 마시고 저녁에 다시 만나기로 해요."

주생은 "알겠소! 알겠소!" 연신 대답을 하며 떠나갔다.

선화는 방으로 돌아와 「초여름날 새벽에 꾀꼬리 소리를 듣다」(早夏聞曉鶯)라는 절구 한 편을 지어 창 위에 썼다.

어둑한 구름에서 비가 내린 뒤
푸른 버드나무 향기로운 풀은 그림 같고 안개 같네.
봄날의 시름은 봄과 함께 가지 않고
어이해 새벽 꾀꼬리 따라 베개 곁에 왔는지.

밤이 되자 주생은 다시 선화의 방으로 갔다. 문득 담장 아래 나무 그늘에서 신발 끄는 소리가 들렸다. 주생은 누군가에게 들킬까 겁이 나 발길을 돌려 달아났다. 발소리를 냈던 사람은 파란 매실을 던져 주생의 등을 정통으로 맞혔다. 주생은 낭패하여 도망갈 곳을 찾을 수 없자 대숲 아래로 몸을 던져 엎드렸다. 발소리를 냈던 이가 목소리를 낮추어 말했다.

"서방님, 겁내지 마세요! 앵앵[36]이 여기 있어요."

주생은 그제야 선화에게 속은 줄 알고, 일어나 선화의 허리를 안으며 말했다.

"어쩌면 이렇게 감쪽같이 사람을 속인단 말이오?"

---

36. 앵앵鶯鶯 당나라의 문인 원진元稹이 지은 전기소설傳奇小說 「앵앵전」鶯鶯傳의 여주인공 이름.

선화가 웃으며 말했다.

"어찌 감히 서방님을 속이겠어요? 서방님이 혼자 겁을 먹은 게지요."

"향을 훔치고[37] 옥을 훔쳐 냈으니 겁먹지 않을 수 있겠소?"

주생이 선화의 손을 잡고 방으로 들어가더니 창 위에 적힌 시를 보고는 마지막 구절을 손가락으로 가리키며 말했다.

"미인에게 무슨 시름이 있기에 이런 말을 했을꼬?"

선화가 근심스러운 얼굴로 말했다.

"여자의 몸은 늘 근심과 함께 살아가지요. 님을 만나기 전에는 만나게 되기만 바라고, 만나고 난 뒤에는 헤어질까 두려워해요. 그러니 여자의 몸이 어디 간들 근심이 없을 수 있겠어요? 더구나 서방님께선 남의 집 처녀를 엿보는 잘못을 범하셨고 저는 부정하게 남자를 만나는 치욕스러운 일을 저질렀어요. 하루아침에 불행한 일이 생겨 우리의 일이 드러나고 만다면 친척에게 용납되지 못할 것이요 마을에서도 천시당하겠지요. 그러고 나면 서방님과 손잡고 평생을 함께하고자 한들 어찌 그리 될 수 있겠습니까? 오늘 일은 구름 사이로 달이 나오고 잎사귀 사이로 꽃이 핀 것과 같아서 한때의 즐거움이야 얻을 수 있겠지만 그것이 어찌 오래갈

---

37. 향을 훔치고 진晉나라의 고관인 가충賈充의 딸 가오賈午가 부친에게 선물받은 외국산의 고급 향을 한수韓壽에게 주고 그와 사통私通했는데, 훗날 한수의 옷에서 나는 향기 때문에 두 사람의 관계가 발각되었던 고사를 말한다.

수 있겠어요?"

말을 마치고는 눈물을 흘리는데, 구슬 같은 눈물에 알알이 원한이 맺히며 마음을 가누지 못하는 것 같았다. 주생은 눈물을 닦아 주며 위로하는 말을 했다.

"사내대장부가 한 여자를 아내로 맞지 못할 이유가 뭐 있겠소? 중매를 통해 혼약을 맺고 모든 예를 갖추어 당신을 아내로 맞이할 테니 걱정할 것 없소."

선화가 눈물을 거두고 감사의 말을 했다.

"서방님의 말씀대로만 된다면 시집가서 가정을 화목하게 할 것이요, 정성껏 음식을 마련해 조상께 제사를 올리겠어요."

선화는 화장품 상자에서 작은 손거울을 꺼내 둘로 쪼개더니 하나는 자신이 간직하고 다른 하나는 주생에게 주며 말했다.

"화촉을 밝히는 그날까지 기다렸다가 이 거울을 다시 합하기로 해요."

또 비단부채를 주생에게 주며 말했다.

"이 두 가지 물건은 비록 보잘것없는 것이지만 제 마음을 표하기에는 부족함이 없을 거예요. 모쪼록 남편과 함께 봉황을 타고 하늘에 올랐던 농옥[38]을 기억하시고, 가을날 비단부채[39]의 원망

---

38. **농옥弄玉** 춘추시대 진秦나라 목공穆公의 딸. 퉁소를 잘 부는 소사簫史와 혼인하여 소사에게 퉁소를 배웠다. 두 사람이 퉁소를 불면 봉황이 날아오곤 했는데, 어느 날 두 사람이 그 봉황을 타고 하늘로 올라갔다는 고사가 있다. 이 고사는 부부의 지극한 금슬을 상징한다.

을 남기지 말아 주세요. 항아[40]의 모습은 보이지 않을지라도 환한 달을 보듯 이 거울을 어여삐 여겨 주세요."

이날 이후 두 사람은 하루도 빠짐없이 밤에 만났다가 새벽에 헤어지는 일을 반복했다.

어느 날 문득 주생은 '오랫동안 배도를 만나지 않았으니 배도가 의심하지 않을까' 하는 생각이 들어 배도의 집으로 갔다. 선화는 밤에 주생의 방에 와서 몰래 주생의 가방을 뒤지다가 배도가 주생에게 준 시 몇 편을 발견했다. 선화는 질투심을 이기지 못해 책상 위에 있던 붓으로 배도의 시를 까맣게 뭉개 버렸다. 그러고는 「안아미」[41] 한 편을 새로 지은 다음 비취색 비단에 써서 주생의 가방 안에 넣어 두고 방을 나왔다. 선화가 지은 노랫말은 이러했다.

> 창밖에 드문드문 반딧불빛 깜박이고
> 높다란 누각에는 달이 걸렸네.
> 섬돌에는 대나무를 지나는 바람소리
> 주렴에는 오동나무 그림자

---

39. **가을날 비단부채** 부채가 여름에만 소용되고 가을에는 소용되지 않는 데서, 실연당한 여인이 자신을 비유하는 말로 사용된다.
40. **항아姮娥** 달나라에 산다는 선녀. 본래 요堯임금 때 활 잘 쏘기로 이름난 예羿의 아내로, 남편이 서왕모西王母에게서 얻어 온 불사약不死藥을 훔쳐 달나라로 갔다는 고사가 있다.
41. 「안아미」眼兒媚 사詞의 레퍼토리의 하나.

밤은 고요하고 사람은 시름겹네.

방탕한 그대는 소식도 없이
어디서 한가로이 노니는지?
생각지 않으리라
헤어질 마음 끊이지 않으면서도
부질없이 동트기만 기다리네.

 이튿날 주생이 돌아왔다. 선화는 질투하거나 원망하는 기색을 보이지 않고, 주생의 가방을 뒤진 일도 말하지 않았다. 주생 스스로 알아차리게 하려는 것이었는데, 주생은 아무런 낌새도 눈치채지 못했다.
 하루는 부인이 잔치를 열고 배도를 불렀다. 부인은 주생의 학문과 품행을 칭찬하는 한편 아들을 열심히 지도해 주는 데 감사하며 이런 뜻을 주생에게 전해 달라고 했다.
 주생은 이날 밤 술에 만취해 곯아떨어져 있었다. 배도는 잠을 이루지 못하고 홀로 앉아 있다가 문득 주생의 가방을 열어 보았다. 자신이 지은 노랫말이 먹물로 더럽혀져 있는 것을 보고 몹시 의심스러운 생각이 들었다. 곧이어 「아아미」 노랫말을 발견하고는 그것이 선화의 소행임을 알아차렸다. 배도는 매우 화가 나서 선화가 지은 노랫말을 소매 속에 넣고 주생의 가방을 원래대로 닫아 놓은 뒤 앉아서 아침이 오기를 기다렸다.

아침에 주생이 술에서 깨어나자 배도가 천천히 물었다.

"우리 집으로 돌아오지 않고 오랫동안 여기 머물러 있는 이유가 뭡니까?"

"국영이 아직 학업을 마치지 못해서 그렇지."

"처남을 가르치자니 마음을 다하지 않을 수 없겠죠."

주생은 무안해져 얼굴과 목덜미가 벌겋게 되었다.

"그게 무슨 말이오?"

배도는 한참 말이 없었다. 주생은 당황해 어쩔 줄 모르며 얼굴을 가리고 바닥에 엎드렸다. 그러자 배도는 선화가 지은 노랫말을 주생 앞에 던지며 말했다.

"담을 뛰어넘어 정을 통하고 담장에 구멍을 뚫고 들어가 사통하는 것이 군자가 할 일입니까? 들어가 부인께 모든 사실을 아뢰렵니다."

배도가 홱 몸을 일으키자 주생은 허둥지둥 배도의 몸을 껴안았다. 주생은 그간의 일을 사실대로 말한 뒤 머리를 숙이고 애걸했다.

"선아는 나와 평생을 함께하기로 맹세했으면서 차마 나를 사지로 몰아넣으려 하는가?"

배도는 마음을 돌리고 이렇게 말했다.

"서방님은 지금 바로 저와 함께 돌아가세요. 그러지 못하겠다면 서방님이 이미 약속을 저버렸는데, 제가 맹세를 지킬 수 있겠어요?"

주생은 어쩔 수 없이 선화의 집에 다른 핑계를 대고 배도의 집으로 돌아왔다. 배도는 주생과 선화의 일을 알게 된 뒤로 다시는 주생을 '선랑'이라 부르지 않았다. 그동안 속았던 것이 생각나 마음이 편치 않았기 때문이다. 주생은 선화 생각이 간절하여 날이 갈수록 초췌해졌다. 병들었다며 자리에서 일어나지 못한 지도 수십 일이 지났다.

얼마 뒤 국영이 병들어 죽었다. 주생은 제수를 갖추어 가서 국영의 영전에 제사 지냈다. 선화 또한 주생을 생각하다가 병이 들어 혼자 힘으로는 거동도 할 수 없었는데, 홀연 주생이 왔다는 말을 듣고는 병을 무릅쓰고 억지로 몸을 일으켰다. 선화는 엷은 화장에 소복 차림으로 주렴을 친 방 안에 홀로 서 있었다.

주생이 제사를 마치고 돌아서니 멀리 선화의 모습이 보였다. 눈길에 정을 담아 보내고 나와 잠시 서성이다 돌아보니 선화는 이미 보이지 않았다.

몇 달 뒤 배도가 병에 걸려 일어나지 못하게 되었다. 배도는 죽음에 임박해서 주생의 무릎을 베고 눈물을 삼키며 말했다.

"미천한 제가 서방님의 그늘에 의지해 살아 왔거늘, 꽃이 시들기도 전에 두견새가 먼저 울 줄[42] 어찌 알았겠습니까? 이제 서방님과 영원히 이별이군요. 화려한 옷과 아름다운 음악도 오늘로 끝이고, 지난날의 바람도 이미 허사가 되었네요. 한 가지 소원이 있어요. 제가 죽은 뒤 선화를 아내로 맞으시고, 서방님이 자주 오가는 길가에 제 뼈를 묻어 주세요. 그렇게만 해 주시면 저는 죽어도 산 것과 다름이 없을 거예요."

배도는 말을 마치고 기절하더니 한참 뒤에 다시 깨어나 눈을 뜨고 주생을 보며 말했다.

"서방님! 부디 몸 건강히 지내세요! 부디 몸 건강히 지내세요!"

그렇게 몇 번이나 연이어 말하고는 숨을 거두었다. 주생은 몹시 애통해 했다. 곧이어 주생은 배도의 소원대로 호수가 큰길가에 배도를 묻고 제문祭文을 지었다.

모년 모월 모일, 매천거사[43]는 제수를 갖추어 배랑의 영전에 제사를 올립니다.

아아, 혼령이여! 그대의 마음은 꽃처럼 아름답고, 그대의 자태는 달처럼 아리따웠습니다. 춤은 바람에 날리는 장대[44]의 버들개지 같았고, 미모는 깊은 골짜기에서 이슬을 머금

---

42. 꽃이 시들기도~먼저 울 줄 두견새가 울 무렵 꽃이 시든다는 데서, 자신의 때 이른 죽음을 비유한 말.
43. 매천거사梅川居士 주생의 호.
44. 장대章臺 중국 장안長安의 번화한 거리 이름.

고 붉은 꽃을 피운 난초보다도 빼어났습니다. 교묘한 시는 소약란과 짝을 이룰 만했고, 고운 노랫말은 가운화[45]도 이름을 다투기 어려웠습니다. 이름은 비록 기적妓籍에 묶여 있었지만 지조는 정숙함을 잃지 않았습니다.

나는 방탕한 마음이 바람에 흩날리는 버들개지 같고, 고단한 자취가 물에 뜬 부평초 같았는데, 그대를 만나 사랑의 약속을 했습니다. 우리 두 사람은 평생 좋이 지내면서 서로를 잊지 말자며 밝은 달을 두고 맹세했습니다.

고요한 밤 구름이 보이는 창가에서, 맑은 봄날 꽃이 만발한 정원에서, 술 한 동이 앞에 두고 음악을 즐기던 일이 눈에 선하건만, 이미 모두 지나간 일이 되어 즐거움이 다한 자리에서 슬픔이 피어나게 되리란 걸 어찌 알았겠습니까? 비취색 이부자리는 차갑게 식어 버리고, 원앙새 다정하게 노니는 단꿈도 이미 깨졌습니다. 우리 즐겁던 마음은 구름처럼 흩어지고, 우리가 나눈 은정은 비처럼 흩어졌습니다. 눈을 들어 보아도 비단치마는 색이 바랬고, 귀 기울여도 패옥은 소리를 내지 않습니다. 한 자짜리 비단에는 향기가 아직 남았고, 비파는 부질없이 은상銀床 위에 놓여 있나니, 그대의 집은 여종에게 맡기렵니다.

---

45. 가운화賈雲華　『전등여화』에 실린 소설 「가운화환혼기」의 여주인공.

아아! 다시 못 만날 아름다운 사람, 그대의 마음과 음성을 잊을 수 없습니다. 그대의 꽃 같은 모습이 또렷이 눈앞에 보입니다. 저 하늘과 땅처럼 나의 한스러운 마음은 아득하거늘, 타향에서 짝 잃은 나는 이제 누구에게 의지한단 말입니까? 옛날 타던 배를 다시 고쳐서 왔던 길을 되돌아가면 넓은 바다, 험한 세상이 놓여 있겠지요. 만 리 뱃길에 돛단배 한 척, 가고 또 간들 의지할 곳이 있겠습니까?

훗날 다시 그대의 무덤에 와 곡하고자 하나 기약하기 어렵습니다. 구름은 산으로 돌아가고 물결은 강으로 휘돌거늘, 그대는 한번 가더니 왜 아무런 말이 없습니까?

술을 따라 제사 지내며 글을 지어 속마음을 토로합니다. 바람 앞에서 고하나니 아름다운 혼령은 여기 임하소서.

아아, 슬프도다! 상향尙饗.

주생은 제사를 마치고 배도의 여종 두 명과 작별하며 말했다.

"너희들은 집을 잘 건사하도록 해라. 내가 훗날 성공하면 반드시 돌아와 너희들을 거둘 테니."

여종들이 울며 말했다.

"저희는 아씨를 어머니처럼 모셨고, 아씨는 저희를 친딸인 양 사랑해 주셨어요. 저희들의 운명이 기박해서 아씨가 일찍 돌아가시고 말았어요. 이제 저희가 믿고 의지할 분은 오직 서방님뿐인데, 지금 서방님마저 떠나시면 저희는 누구를 의지하고 살란 말입니까?"

여종들은 큰 소리로 통곡하기를 그치지 않았다. 주생은 거듭 이들을 위로하고 눈물을 뿌리며 배에 올랐지만 차마 배를 출발시키지 못했다.

그날 밤 주생은 수홍교 아래에서 묵었다. 멀리 선화의 집을 바라보니 은빛 등불과 붉은 촛불이 수풀 사이로 깜박였다. 주생은 이미 지나가 버린 좋았던 시절을 회상하고 다시 만날 기약이 없음을 한탄하다가 「장상사」[46] 한 편을 지어 읊었다.

꽃에 안개 가득
버들에 안개 가득
봄빛에 의지해 소식 전하고
초록빛 창 깊은 곳[47]에 잠이 들었지.

좋은 인연이었나
나쁜 인연이었나
새벽녘 집[48]의 은촉銀燭은 아련한데

---

46. **「장상사」長相思** 사詞의 레퍼토리의 하나.
47. **초록빛 창 깊은 곳** 선화의 집을 말한다.
48. **집** 선화의 집을 말한다.

구름 낀 물가에서 배를 돌리네.

주생은 새벽까지 신음하고 몸을 뒤척이며 잠을 이루지 못했다. 떠나자니 선화와 영영 이별하는 것이 아쉽고, 머물자니 배도와 국영이 이미 죽은 지금 몸을 맡길 곳이 없었다. 백방으로 생각해 보았지만 아무런 길을 찾을 수 없었다.

동이 트자 주생은 어쩔 수 없이 닻을 올리고 배를 출발시켰다. 선화의 집과 배도의 무덤을 차츰 뒤로하며 산굽이를 돌아 강으로 나아가니 얼마 안 있어 이미 먼 곳까지 오게 되었다.

주생의 외가 친척 중에 장씨張氏 성을 가진 노인이 있었다. 장노인은 호주[49]의 거부로, 예전부터 주생 집안과는 가깝게 지내는 사이였다. 주생은 그 집으로 가서 신세를 지기로 했다. 장노인은 주생에게 방을 내 주며 매우 잘 대접해 주었다. 주생의 몸은 비록 편안해졌지만 선화를 사모하는 마음은 날이 갈수록 깊어갔다.

괴로움에 잠 못 이루는 사이 어느덧 새봄이 돌아오니, 만력 임진년[50]이었다. 장노인은 주생의 얼굴이 날로 초췌해지는 것을 보고 이상하다 싶어 그 이유를 물었다. 주생이 감히 숨기지 못하고 사실대로 말하자 장노인이 말했다.

---

49. 호주湖州 지금의 절강성 호주시湖州市.
50. 만력 임진년 1592년. '만력'萬曆은 명나라 신종神宗의 연호.

"왜 진작 속마음을 말하지 않았느냐. 내 아내는 노승상盧丞相과 일가여서 두 집안이 대대로 잘 알고 지냈다. 내가 혼사를 추진해 보마."

이튿날 장노인은 아내에게 편지를 쓰게 한 뒤 늙은 하인을 전당으로 보내 혼사를 의논하게 했다.

선화는 주생과 헤어진 뒤 자리에 누워 시름시름 앓으며 얼굴에는 늘 수심이 가득했다. 부인 역시 선화의 병이 주생 때문에 생긴 것인 줄 잘 알고 있었지만 선화의 뜻을 이루어 주고 싶어도 주생이 이미 떠나 버린 뒤라 어쩔 도리가 없는 형편이었다. 그러던 차에 갑자기 장노인의 아내 노씨盧氏의 편지를 받게 되자 온 집안이 몹시 놀라며 기뻐했다. 선화도 억지로 몸을 일으켜 몸단장을 하니 평상시의 모습을 되찾은 듯싶었다. 그리하여 그해 9월로 혼례 날짜를 잡았다.

주생은 날마다 포구에 나가 선화의 집에 보낸 하인이 돌아오기만을 간절히 기다렸다. 떠난 지 열흘이 못 되어 하인이 돌아왔다. 하인은 결혼 약속을 받았다는 소식을 전한 뒤 선화가 쓴 편지를 주생에게 전해 주었다.

주생은 편지를 뜯어보았다. 분 향기와 눈물 흔적이 가득해서 그동안 선화의 슬픔과 원망이 어떠했는지 짐작할 만했다. 편지 내용은 다음과 같다.

기박한 운명을 타고난 선화가 목욕재계하고 서방님께 편지를 올립니다.

저는 본래 약한 몸으로 깊은 규방에서 자랐습니다. 꽃다운 나이가 훌쩍 지나간다는 생각을 할 때마다 거울을 덮고 제 자신을 애석히 여겼으며, 님 그리는 마음을 품고 있다가도 사람을 대하고 보면 부끄러움만 일었어요. 큰길의 버드나무를 보면 춘정春情이 일렁이고, 나뭇가지 위에서 꾀꼬리 우는 소리를 들으면 새벽녘 꿈결 같은 생각에 정신이 아득해졌답니다.

그러던 어느 날 고운 나비가 마음을 전하고 학이 길을 인도하여 달밤에 멋진 서방님이 제게로 오셨지요. 당신이 이미 들어오셨는데 제가 감히 허락하지 않을 수 있겠습니까? 옥절구로 선약仙藥을 다 찧었건만 하늘에 오르지 못했고,[51] 달처럼 둥근 거울을 반씩 나눠 간직했건만 우리의 깊은 맹세는 이루어지지 않았습니다. 좋은 일이 지속되기 어렵고 아름다운 기약 어긋나기 쉽다는 걸 어찌 알았겠어요? 사랑하는 마음에 상심할 뿐입니다.

---

51. **옥절구로 선약仙藥을~오르지 못했고** 당나라 때의 전기소설 「배항」裴航에 나오는 시에서 따온 말. 배항은 병에 걸린 운영雲英의 할머니를 위해 100일 동안 옥절구로 선약을 찧은 뒤에야 운영과 혼인할 수 있었다. 여기서는 주생이 선화를 만나기 위해 선화의 집에서 국영을 가르치는 등 온갖 노력을 기울였지만 결국 인연을 맺는 데 실패한 일을 가리킨다.

님 떠나고 봄은 찾아왔건만 서방님의 소식은 끊어졌어요. 배꽃에 비 뿌리던 날에도 해 저물녘까지 문을 닫아걸었습니다. 천만 번 몸을 뒤척이며 초췌해만 가니 이 모두 서방님 때문입니다. 비단 장막 안이 텅 비어 낮은 적적하고, 은빛 등불이 꺼져 밤은 어둡기만 합니다.

하룻밤 몸을 그르쳐 백 년의 정을 품게 되었습니다. 지고 남은 꽃잎은 뺨을 때리고 조각달은 눈동자에 맺혀 있습니다. 혼이 다 녹아 버리고 온몸을 가눌 수가 없었어요. 진작 이럴 줄 알았다면 죽는 것이 나았을 거예요.

지금 월하노인[52]이 기쁜 소식을 전해 결혼할 날을 기약하게 되었지만, 홀로 지내는 근심으로 병이 깊이 들어 얼굴에는 고운 빛이 줄어들고 머릿결에선 광택이 사라졌어요. 그러니 서방님께서 저를 보신다면 예전만큼 사랑을 느끼지 못하실 거예요. 다만 제가 걱정한 것은 제 마음을 모두 토로하지 못한 채 아침 이슬처럼 급작스레 스러져 구천에서 끝없는 한을 품게 될까 하는 것이었습니다. 이제 제 속마음을 모두 말했으니 깊은 규방에 긴긴 밤 갇혀 지낸다 해도 아무 원한이 없어요.

첩첩산중 천 리 길에 편지도 자주 전하기 어려워 목을 길게

---

52. **월하노인月下老人** 붉은 실을 가지고 다니며 사람들에게 부부의 인연을 맺어 준다는 신神.

빼고 멀리 바라보노라면 뼈가 부서지고 넋이 빠져 날아가는 듯합니다.

호주는 궁벽한 곳이라서 땅에서 나오는 독한 기운이 무섭다지요. 각별히 몸을 아끼시고 부디 건강히 계세요.

천만 갈래 마음을 말로 이루 다할 수 없습니다만, 돌아가는 하인 편에 이 편지를 보냅니다.

선화가

편지를 다 읽은 주생은 마치 꿈에서 막 깨어난 듯, 술에서 막 깨어난 듯한 기분이었다. 한편으로 슬퍼하고 한편으로 기뻐하며 혼례를 올릴 9월까지 손꼽아 보니 남은 시간이 너무 길어 보였다. 혼례 날짜를 앞당기고 싶어 장노인에게 재차 하인을 보내 달라고 청하고는 선화에게 보낼 답장을 썼다.

방경[53]에게

삼생[54]의 인연으로 천 리 길을 넘어 편지를 받으니 당신을 그리는 마음이 어찌 생생하지 않을 수 있겠습니까?

지난날 당신의 집에 들어가 정원에서 노닐다가 춘정이 한번

---

53. **방경芳卿** 선화의 자字.
54. **삼생三生** 전생前生·현생現生·내생來生.

일어나자 욕정을 금할 수 없어 꽃떨기 사이에서 약속을 맺고 달빛 아래에서 인연을 이루었습니다. 외람되이 당신의 사랑을 받아 서로 맹세했던 말이 아직도 또렷이 귓가에 남아 있습니다. 이 생애에는 당신의 깊은 은혜를 갚기 어려울 것입니다.

인간세상의 좋은 일을 조물주가 시기할 때가 많다더니, 어찌 알았겠습니까? 하룻밤 이별이 몇 년의 한이 될 줄. 서로 멀리 떨어져 산천이 가로막고 있으니 말 한 필에 몸을 싣고 하늘 끝에 홀로 서서 몇 번이나 상심했던지 모릅니다. 기러기가 오吳 땅 구름 위에서 울 때, 원숭이가 초楚 땅 산속에서 울부짖을 때, 여관에서 홀로 잠을 청하며 쓸쓸한 등불 아래 있노라면, 사람이 목석이 아닌 다음에야 어찌 서글픈 마음이 들지 않겠습니까?

아아, 방경이여! 이별의 아픈 마음은 당신도 잘 알겠지요. '하루가 3년 같다'는 옛말이 있더니, 그렇게 치자면 한 달은 곧 90년이 되는군요. 결혼 날짜를 잡은 가을까지 기다리다가는 저 거친 산의 메마른 잡초 속에서 내 시체를 찾아야 할 것 같습니다.

끝 간 데 없는 이 마음을 말로 다 표현할 수 없어 종이를 앞에 두고 오열합니다. 더 무슨 말을 하겠습니까.

회[55]가

편지를 써 놓고 아직 보내지 못하고 있는데, 조선이 왜적의 침입을 받아 급박하게 명나라에 구원병을 요청하는 일이 벌어졌다. 황제는 이렇게 말했다.

"조선은 지성으로 중국을 섬기는 나라이니 구하지 않을 수 없다. 게다가 조선이 무너지고 나면 압록강 서쪽 지역 또한 베개를 편히 베고 잘 수 없을 것이다. 더구나 한 나라의 존망이 걸린 일이니 천자가 나서지 않을 수 있겠는가."

황제는 제독[56] 이여송[57]에게 특명을 내려 군대를 이끌고 왜적을 토벌하게 했다. 이때 행인사 행인[58] 설번薛藩이 조선에 갔다가 돌아와 아뢰었다.

"북방 사람들은 흉노를 잘 막고, 남방 사람들은 왜적을 잘 막습니다. 이번 정벌은 남방의 병사들이 아니면 해 낼 수 없습니다."

그리하여 호남성湖南省과 절강성浙江省 등의 각 고을에서 병사를 급히 차출하기 시작했다. 유격장군[59] 한 사람이 평소 주생의 이름을 알고 있어 서기書記의 직책을 맡기려 했다. 주생은 사양했지만 뜻을 이루지 못했다.

---

55. 회檜 주생의 이름.
56. 제독提督 사령관.
57. 이여송李如松 임진왜란 때 명나라 군대를 지휘했던 장군.
58. 행인사行人司 행인行人 '행인사'는 명나라 때 황제의 명을 전달하고 책봉을 비롯한 제후국과의 외교 관련 업무를 관장하던 관청이다. '행인'은 행인사의 벼슬 이름으로, 외국 사신을 접대하는 등의 외교 관계 일을 맡아보았다.
59. 유격장군遊擊將軍 무관武官 벼슬.

마침내 주생은 조선에 이르렀다. 주생은 안주[60] 백상루[61]에 올라 옛날풍의 칠언시를 지었다. 그 시 전편全篇은 남아 있지 않은데 마지막 네 구절이 이러했다.

시름 안고 홀로 강가 누정에 오르니
첩첩이 푸른 산 어찌 그리 많은지.
고향 바라보는 내 눈길 가로막지만
시름이 오는 길은 끊지 못하네.

이듬해인 계사년(1593) 봄에 명나라 군대가 왜적을 대파하고 경상도까지 내려갔다. 이때 주생은 선화를 그리워하다 마침내 깊은 병이 들어 군대를 따라 남쪽으로 내려가지 못하고 개성에 머물러 있었다.

당시에 나[62]는 마침 볼일이 있어 개성에 갔다가 그곳의 여관에서 주생을 만났다. 우리는 말이 서로 통하지 않아 글로 대화를 주고받았다. 주생은 내가 한문을 잘하는 것을 보고는 자못 후하게 대우해 주었다. 내가 주생에게 병든 이유를 묻자 주생은 근심 어린 표정을 지으며 대답하지 않았다. 그날은 비가 내려 발이 묶였

---

60. **안주**安州 평안남도 서북단에 있는 고을.
61. **백상루**百祥樓 안주에 있던 유명한 누정樓亭 이름.
62. **나** 작자 권필을 말한다.

기에 밤에 불을 밝히고 주생과 이런저런 이야기를 나누었다. 주생은 「답사행」[63] 한 편을 내게 보여 주었는데, 그 노랫말은 다음과 같았다.

기댈 곳 없는 외로운 그림자
이별의 한 토로하기 어려운데
강가 나무 위로 돌아가는 기러기 줄지어 나네.
객창의 가물거리는 등불에 이미 놀란 마음이어늘
황혼녘 빗소리를 어이 차마 들을꼬.

낭원[64]의 구름 아득하고
영주[65]의 바다는 막혀 있나니
주렴 드리운 옥루[66]는 어디쯤인지?
외로운 내 신세 부평초 되어
하룻밤에 오강[67]으로 흘러갔으면.

---

63. 「답사행」踏莎行 사詞의 레퍼토리의 하나.
64. 낭원閬苑 신선이 산다는 곳.
65. 영주瀛洲 영주산瀛洲山. 신선이 산다는, 바닷속의 산.
66. 옥루玉樓 원래 옥황상제가 거처하는 집을 뜻하는 말인데, 여기서는 선화의 집을 가리킨다.
67. 오강吳江 오송강吳淞江. 강소성과 절강성에 걸쳐 있는 태호太湖로부터 발원하여 상해上海를 거쳐 황해黃海로 흘러들어 가는 강.

나는 그 노랫말에 담긴 뜻이 궁금해서 무슨 사연이 있는지 누차 간절히 물었다. 이에 주생이 그 전말을 알려 준 것이 바로 지금까지의 이야기이다.

주생은 또 가방에서 책을 한 권 꺼내 보여 주었다. 책 제목은 『화간집』花間集으로, 주생이 선화 및 배도와 주고받은 시 100여 편이 실려 있고, 또 동료들이 이들의 시를 읽고 써 준 시가 10여 편 들어 있었다. 주생은 눈물을 흘리며 내게도 시를 간절히 부탁했다. 나는 원진元稹의 「회진시」[68] 형식을 본떠 30운韻의 배율[69]을 지어서 책의 끝장에 써 주며 이렇게 위로했다.

"대장부의 근심은 공명을 이루지 못한 데 있을 뿐이오. 천하에 어찌 미인이 또 없겠소? 더구나 이제 조선이 이미 평화를 찾았으니 황제의 군대가 곧 돌아가게 되지 않겠소. 동풍은 이미 주랑周郎 편이니 교씨喬氏가 남의 집에 갇히리라는 걱정은 하지 마시오."[70]

이튿날 아침 작별 인사를 하는데, 주생은 거듭 고맙다고 하며 이렇게 말했다.

---

68. 「회진시」會眞詩 원진이 지은 시로, 「앵앵전」의 결말부에 들어 있다.
69. 배율排律 한시 형식의 하나. 다섯 글자 혹은 일곱 글자로 이루어진 시구를 12개 이상 늘어놓은 시 형식.
70. 동풍은 이미~하지 마시오 당나라 시인 두목杜牧의 「적벽」赤壁 시에서 따온 말. '주랑'周郎은 본래 적벽대전을 승리로 이끌었던 오나라의 주유周瑜를 가리키고, '교씨'喬氏는 주유의 아내 소교小喬를 가리킨다. 주유의 바람대로 동풍이 불어 오나라가 적벽대전에서 승리하고, 절세미인인 아내 소교를 조조曹操에게 빼앗기지 않았다는 뜻이다. 여기서는 두목의 시를 패러디하여 '주랑'을 주생에, '교씨'를 선화에 빗대었다.

"제 얘기는 한바탕 웃음거리에 불과하니 다른 사람들에게 전할 건 없어요."

주생은 나이가 스물일곱이었는데, 얼굴이 수려해서 바라보면 마치 그림 같았다.

계사년 5월에 무언자[71] 권여장[72]이 쓰다.

---

71. **무언자無言子** 작자 권필의 호.
72. **권여장權汝章** '여장'은 권필의 자字.

하생기우전

신광한

고려 때 하생何生이란 사람이 평원¹에 살았다. 대대로 한미한 집안 출신으로, 일찍 부모를 여의고 홀로 지냈다. 혼인하고 싶었지만 딸을 주려는 집이 없었고, 가난해서 혼자 먹고살기도 버거웠다. 그러나 하생은 풍채가 대단히 좋고 재주가 빼어나서 마을에서는 현명한 사람이라는 칭찬이 자자했다. 고을 사또는 하생의 명성을 듣고 태학² 학생으로 추천하였다.

하생은 행장을 꾸려 개경開京(개성)을 향해 출발하면서 노비들에게 말했다.

"내가 위로는 부모님이 안 계시고 아래로는 처자식이 없으니, 너희에게 무슨 구구히 할 말이 있겠느냐? 옛날 종군이란 사람은 고향으로 돌아올 때 쓸 통행증을 버리고 서울로 떠났고,³ 사마상

---

1. **평원平原** 평안남도 서북부의 고을 이름.
2. **태학太學** 수도에 설치한 국립대학. 고려 시대 국립대학의 정식 명칭은 국자감國子監, 국학國學, 성균감成均監, 성균관成均館 등으로 여러 번 바뀌었다.

여란 사람은 고향의 다리 기둥에다 성공하기 전에는 다시 이 다리를 지나지 않겠다는 글귀를 썼으니,[4] 모두 약관弱冠의 나이에 큰 뜻을 품은 이들이다. 내가 비록 노둔하지만 저 두 사람을 자못 흠모하고 있으니, 훗날 금의환향하여 너희들에게도 영예가 돌아가도록 할 테다. 아무쪼록 집을 잘 지켜 주었으면 한다."

하생은 국학國學에 입학했다. 국학의 여러 학생들과 재주를 겨뤄 보니 하생을 능가할 만한 사람이 없었다. 하생은 과거에 급제하여 부귀공명을 얻을 수 있으리라 생각하며 오연傲然히 드높은 뜻을 지녔다.

이때 나라 정치가 이미 어지러워 인재 등용 또한 공정하게 이루어지지 않았다. 이러구러 너덧 해가 지나는 동안 하생은 원망을 품고 웅크린 채 학교에서 지내며 늘 답답하고 우울한 마음이었다.

어느 날 하생은 같은 방을 쓰는 동료에게 말했다.

"채택이 자신의 수명이 얼마나 될지 알고 싶어서 당거를 찾아간 일[5]이 있지 않나. 듣자니 낙타교[6] 옆에 있는 점쟁이가 사람의

---

3. **종군이란 사람은~서울로 떠났고** 종군終軍은 한나라 때 사람으로, 다음의 고사가 전한다. 종군이 입신立身하기 위해 서울로 가면서 관문關門을 지나는데, 관문의 관리가 나중에 다시 통과할 때 제시하라고 통행증을 주었다. 그러자 종군은 대장부가 서울로 가는 터에 다시 이 관문을 지나는 일은 없을 것이라며 통행증을 버리고 갔다.
4. **사마상여란 사람은~글귀를 썼으니** 한나라 때 사마상여司馬相如가 고향을 떠나면서 승선교昇仙橋라는 다리 기둥에 "높은 벼슬아치가 타는 좋은 수레를 타지 않고서는 다시 이 다리를 지나지 않겠다"라는 맹세의 글귀를 썼던 일이 있다.

수명과 길흉을 날짜까지 꼭 알아맞힌다더군. 거기 가서 점을 쳐 보고 고민을 해결해야겠어."

하생은 자기 집으로 돌아가 상자 속에 간직해 둔 동전 몇 닢을 들고 점쟁이를 찾아갔다. 점쟁이는 이렇게 말했다.

"부귀는 분명히 누리시게 되어 있군요. 다만 오늘 운이 몹시 불길합니다. 명이가 가인으로 가는 점괘[7]예요. '명이'라는 것은 밝은 빛이 땅속으로 들어가는 상(象)이고, '가인'이라는 것은 정숙한 여인을 만나는 것이 이롭다는 상입니다. 어서 도성 남문으로 나가서 해가 지기 전에는 집으로 돌아가지 마십시오. 그렇게 하면 액땜을 할 뿐 아니라 좋은 배필도 얻을 수 있을 겁니다."

하생은 의심스러운 마음으로 두려워하며 일어나 작별하고 그대로 남문을 빠져나갔다. 가을 산이 보기 좋아 마음 가는 대로 걷다 보니 어느덧 날이 어두워졌다. 사방을 둘러보니 고요하며 인적이 전혀 없고 하룻밤 묵어갈 곳도 보이지 않았다. 하생은 몹시 굶주리고 지친 채 길가를 배회했다.

때는 8월 18일이었다. 산 위로는 아직 달이 떠오르지 않았는데, 멀리 수풀 사이로 등불 하나가 별처럼 반짝이는 것이 바라보였

---

5. **채택이 자신의~찾아간 일** 중국 연(燕)나라의 변사(辯士) 채택(蔡澤)이 관상을 보는 당거(唐擧)라는 사람을 찾아가서 자신의 수명을 물었다는 고사가 있다.
6. **낙타교(駱駝橋)** 개성에 있던 다리 이름.
7. **명이가 가인으로 가는 점괘** '명이'(明夷)와 '가인'(家人)은 모두 『주역』(周易)의 괘 이름으로, 이 점괘는 하생이 무덤 속의 여인을 만나게 될 것을 암시한다.

다. 인가가 있구나 싶어 길을 찾아 앞으로 나아갔다. 서늘한 안개가 풀에 서리고, 이슬이 촉촉이 내려 있었다.

가까이 다가갔을 때에는 달이 이미 환하게 떠올라 있었다. 작지만 화려한 집 한 채가 있었다. 오색으로 꾸민 집이 담장 밖으로 높이 솟아 있고, 비단 창 속으로 촛불 그림자가 파르스름했다. 지게문은 반쯤 열려 있는데, 사람이 있는 기색은 전혀 느낄 수 없었다. 하생은 이상한 일이다 싶어 가만히 들어가 안을 살폈다.

열여섯 살쯤 되어 보이는 미녀가 베개에 기대앉아 비단 이불을 반쯤 덮고 있었다. 하생은 여인의 근심스러운 얼굴과 고운 자태에 놀라 여인을 똑바로 쳐다보지 못했다. 여인은 턱을 괴고 한숨을 크게 쉬더니 작은 소리로 절구[8] 두 편을 읊었다.

향 연기 사라진 깊은 방에 갇혀서
근심 안고 무심히 원앙새를 수놓네.
편지도 끊어져 가을 하늘 차가운데
지는 달빛 또렷이 지붕을 비추네.

먼지 낀 분첩이여 녹슨 거울이여
꿈속에서 만난 님 깨어 보니 허깨비세.

---

8. **절구**絕句 네 구句로 이루어진 한시 형식.

깊은 밤 비단 장막에 서리가 이른데[9]
늙은 홰나무와 잎이 진 버드나무만 달빛 아래 있네.

시에 담긴 뜻을 보면 남편을 변방에 떠나보낸 여인인 듯한데, 용모나 행동거지를 보아서는 또 귀한 집의 아씨인 듯도 했다. 하생은 지키는 자가 있지 않을까 겁이 나서 뒷걸음치다가 저도 모르게 발소리를 내고 말았다. 그러자 미인은 몸종을 불렀다.

"금환아! 옥환아! 창밖에 누구 발소리니?"

몸종 두 명이 동시에 와서 말했다.

"저희 둘은 뒷마루에서 설핏 잠이 들어 있었어요. 창밖에 달이 환한데 누가 왔다는 말씀인지요?"

여인은 작은 소리로 말했다.

"어젯밤 좋은 꿈을 꾸어서 너희들에게도 얘기해 주었지 않니. 혹시 그 멋진 선비가 오신 게 아닐까?"

그러더니 서로 농담을 하며 웃는 것이었다.

하생은 여인의 말을 듣고 어리둥절해 있다가 점쟁이가 했던 말을 떠올리고는 속으로 기뻐했다. 하생은 마침내 문을 두드리고 헛기침 소리를 냈다. 두 몸종이 즉시 나와 문을 열더니 말했다.

"깊은 밤 산골 집에 어인 손님이신지요?"

9. **서리가 이른데** 가을이 되어 무덤에 서리가 일찍 내림을 이른다.

"나는 봄날에 놀러 나갔다가 목이 말라 여인의 집을 찾았던 최호[10] 같은 이가 아닐세. 홀로 산길을 걷다가 길을 잃어 그러니 하룻밤 묵어갔으면 하네."

몸종이 쯧쯧 혀를 차며 말했다.

"여기는 젊은 아씨가 혼자 거처하는 곳이라서 손님이 묵어가실 수 없사옵니다."

몸종은 말을 끝내자마자 문을 잠그고 들어갔다. 하생은 마음이 착잡하고 풀이 죽어 뭔가 중요한 것을 잃어버린 듯 멍하니 지게문에 기대었다가 어슬렁거릴 따름이었다.

밤이 깊었다. 갑자기 삐익 문 여는 소리가 나더니 아까 보았던 몸종이 문을 열고 말했다.

"손님이 보통 분이 아니시라는 걸 아씨가 알고 이리 말씀하셨어요.

'산에 호랑이와 승냥이가 많은 데다 사방에 인가가 없어 딱한 처지가 되었기에 우리 집에 묵고자 하시는데 거절하는 게 좋지 않다. 곁방에서 쉬시게 안내해 드리거라.'

그러니 들어와 묵고 가세요."

※※※

10. **최호崔護** 당나라 때 사람으로, 다음의 고사가 전한다. 최호가 청명일清明日에 도성都城 남쪽으로 놀러 갔다가 별장을 발견하고는 문을 두드려 마실 것을 청했는데, 한 여인이 나와 후대하였다. 그는 이듬해 청명일에 그 집을 또 찾았으나, 문을 열어 주지 않아 시를 써 놓고 돌아왔다. 며칠 뒤 다시 가 보니 그 여인은 죽어 있었다. 최호가 곡을 하자 그 여인이 살아나, 이에 아내로 삼아 돌아왔다.

하생은 고맙다고 인사하며 안으로 들어갔다. 방은 정결하기 이를 데 없었고, 베개와 이부자리도 몹시 아름다웠다. 방 안에는 금으로 장식한 책상이 있고, 책상 위에는 옥벼루며 아름다운 붓이며 꽃종이가 놓여 있었다. 책상 곁에 있는 은등불은 난초기름을 태워 환한 빛을 비추었고, 향로에서는 향이 피어오르며 그윽한 향기를 냈다. 술과 음식을 내오는데, 모두 극히 향기롭고 정결했다.

이윽고 몸종이 주인아씨의 분부를 받고 와서 물었다.

"제가 사는 곳은 몹시 궁벽하고 누추한데 손님은 어떻게 이곳까지 오시게 되었습니까?"

하생은 방 안에 아무도 없다는 생각에 여자의 의중을 떠보고 싶은 마음이 들어 이렇게 대답했다.

"저는 어린 나이에 재주 있다는 명성을 얻어 태학의 학생이 되었습니다. 고향을 떠나 멀리 서울에서 공부하면서 옛날 진량[11]이 공부하던 일도 대수롭지 않게 여기며 머잖아 높은 벼슬에 올라 부귀공명을 얻게 될 것이라고 허튼 생각을 했었습니다. 부귀는 하늘에 달려 있고, 길흉은 사람에게 달려 있다는 것을 몰랐던 거지요. 그러다 오늘 우연히 점쟁이의 말을 듣고 여기까지 오게 되

---

11. **진량陳良** 남쪽 초楚나라 사람으로서, 북쪽으로 중원中原에 가서 주공周公과 공자孔子의 도道를 배웠다.

었습니다."

하생은 이어서 점쟁이가 했던 말을 모두 전했다. 몸종은 하생의 말을 듣고 아씨에게 가더니 잠시 후에 웃으며 돌아와 이렇게 아씨의 말을 전했다.

"저 역시 점쟁이의 말을 믿고 액운을 피해 이리로 왔으니 오늘의 만남은 참으로 우연이 아닙니다. 방이 비록 누추하지만 하룻밤 편히 묵으셨으면 합니다."

하생은 여인의 말이 참으로 이상하다 싶었다. 게다가 재주를 자랑하고 싶어 안달하는 마음을 이기지 못해 즉시 책상 위에 놓인 꽃종이를 가져다가 짧은 시 두 편을 써서 몸종에게 주며 다음 말을 전하게 했다.

"방을 내주신 것만 해도 고마운데, 이처럼 정성으로 대해 주시니 감사하다는 말만으로는 고마움을 다 표현할 수 없습니다."

하생이 지은 시는 다음과 같다.

맑은 은하수 하늘에 비꼈는데
주렴을 겹겹이 치고 구름 병풍으로 가렸네.
직녀의 베틀 곁 지나감[12]은 이상한 일 아니나
엄군평이 객성을 앎[13]이 도리어 괴이하네.[14]

❀❀❀❀

12. **직녀의 베틀 곁 지나감** 하생이 여인을 찾아온 일을 이른다.

향기는 끊이잖고 구름 막 흩어지는데
고상한 절조 몹시 높아 봉황도 중매 않네.
밤새 애간장 끊으며 외로이 잠드나니
양대[15]로 가는 길 없음을 슬퍼하노라.

몸종이 하생의 시를 가지고 가더니 순식간에 다시 꽃종이를 들고 와서 하생에게 주었다. 바로 아씨가 지은 시였다. 그 시는 다음과 같다.

어젯밤 원앙 베개에 기대 깜빡 잠들었다가
머리 가득 꽃을 꽂는 꿈을 꾸었네.
몸종 아이에게 속내를 말하고는
화장 거울 보려니 부끄러웠네.

---

13. **엄군평嚴君平이 객성客星을 앎** 견우牽牛와 관련된 고사로, 『박물지』博物志에 다음 내용이 보인다. 바닷가에 살던 어떤 이가 해마다 8월이면 지나가는 뗏목이 있는 것을 이상히 여겨 그 뗏목을 따라가 보기로 했다. 10여 일 뒤에 어떤 곳에 이르렀는데 멀리 궁궐 안에 베 짜는 여인들이 보였고 한 남자(견우)가 소에게 물을 먹이고 있는 모습도 보였다. 여기가 어디냐고 묻자 그 남자는 돌아가서 엄군평에게 물어 보라고 대답했다. 엄군평을 찾아가 물으니 엄군평은 "아무 날에 객성이 견우성牽牛星을 범한 적이 있었소"라고 했는데, 그 날짜를 따져 보니 바로 은하수에서 견우를 만났던 때였다. 엄군평은 한나라 때의 은사隱士로, 초야에 은거하며 사람들의 점占을 봐 주는 것으로 생계를 유지했다. 객성은 혜성과 같이 일정한 곳에 있지 않고 임시적으로 나타나는 별을 말한다.
14. **엄군평이 객성을~도리어 괴이하네** 점쟁이가 이 일을 미리 안 것이 참 이상하다는 말.
15. **양대陽臺** 중국 중경시重慶市 무산현巫山縣 고도산高都山에 있는 누대 이름. 초나라 회왕懷王이 양대에서 낮잠을 자다가 꿈에 무산巫山의 여신을 만났는데, 무산의 여신이 자신은 아침에는 구름이 되고 저녁에는 비가 된다고 말한 뒤 잠자리를 함께했다는 전설이 있다.

달[16] 기다려 밤늦도록 창문 열어 두었거늘
새장 속 앵무새는 방금 잠이 들었네.
낙엽 지는 소리에 마음 기울이거늘
무정한 듯하나 유정有情하여라.[17]

하생은 여인의 시를 읽고 그 뜻을 알아챘지만, 여인이 과연 자신의 마음을 받아줄지 반신반의했다. 하생은 여인의 방이 가까이 있고 문도 잠겨 있지 않은 것을 보아 두었다. 몸종들은 모두 잠자리에 든 뒤였다.

하생은 소변을 보러 가는 척 나갔다가 살금살금 발끝으로 걸어 여인의 방 앞으로 갔다. 살그머니 창문을 여니 여인은 근심스레 앉아 있는데 마치 누군가를 간절히 기다리고 있는 듯이 보였다. 하생이 다가가 웃음 지으며 말했다.

"『이보』[18]에 있는 속담을 못 들어 보셨습니까? '나그네에게 문간방을 빌려 주었더니 깊은 밤에 안방까지 내달라고 한다'[19]는 말이 있잖습니까. 또 이런 말도 있지요. '오리를 때리지 마소. 오리를 때리면 원앙이 놀란다오.'[20]"

※ ※ ※

16. **달** 하생을 가리킨다.
17. **무정한 듯하나 유정有情하여라** 여인 자신의 마음이 그렇다는 말.
18. **『이보』俚譜** 우리나라 속담을 모아 놓은 책인 듯하다.
19. **나그네에게 문간방을~내달라고 한다** '봉당을 빌려주니 안방까지 달란다'는 속담이 있다. 염치없고 뻔뻔스러운 소리를 하는 것을 일컫는 말.

여인은 쪽 찐 머리를 숙이고 수줍어하며 이렇게 말할 따름이었다.

"이미 인연이 닿았으니 피할 수 없군요."

희미한 등불이 병풍 앞에서 꺼질 듯 말 듯 깜박이고 있었다. 여인은 잠자리에 누우며 말했다.

"저는 위소주韋蘇州[21]의 시 중에 이 구절을 참 좋아해요.

아름다운 사람 문득 잠자리에 드니
허리띠 풀고 인연을 이루고자 하네.[22]

오늘밤 이 시의 참맛을 잘 알게 되었네요."

두 사람은 우스갯소리를 주고받으며 지극한 사랑을 나누었다.

날이 밝아올 무렵 여인은 하생의 팔을 베고 누워 있다가 문득 흐느끼며 눈물을 흘렸다. 하생은 깜짝 놀라 이렇게 말했다.

"이제 겨우 좋은 만남을 이루었거늘 갑자기 왜 그러오?"

---

20. **오리를 때리지~원앙이 놀란다오** 송나라 매요신梅堯臣이 지은 시 「오리를 때리지 마소」(莫打鴨)에 나오는 구절로, 이것을 때리면 저것이 놀람을 비유하는 말. 이 구절과 관련하여 다음의 고사가 전한다. 지방수령으로 있던 여사륭呂士隆이 여화麗華라는 기녀를 얻어 몹시 총애하였다. 하루는 잘못을 저지른 관아의 기생에게 장형杖刑을 가하고자 했더니, 그 기생은 울면서 자신이 매맞는 건 괜찮지만 여하가 놀랄까 뵈 걱정이라고 갰다. 이에 여사륭은 웃으며 형벌을 가하지 않았다고 한다. 매요신의 시에서 '오리'는 관아의 기생을, '원앙'은 여화를 가리킨다.
21. **위소주韋蘇州** 당나라의 시인 위응물韋應物을 말한다. 소주자사蘇州刺使를 지냈으므로 '위소주'라고 한다.
22. **아름다운 사람~이루고자 하네** 위응물의 시 「희미한 등불을 마주하고」(對殘燈)에 나오는 구절.

"여기가 실은 인간세상이 아닙니다. 저는 시중侍中[23] 아무개의 딸입니다. 죽어서 이곳에 장례 지낸 지 오늘로 사흘이 되었군요. 제 아버지는 오랫동안 요직을 지내며 권세를 누리셨는데, 아버지께 밉보여 해코지를 당한 사람들이 몹시 많았답니다. 원래 아버지는 5남 1녀를 두셨지만, 다섯 오빠가 모두 아버지보다 먼저 세상을 뜨고 저 혼자 아버지 곁에 있다가 지금 또 이 지경에 이르고 말았어요.

그런데 어제 옥황상제께서 저를 부르시더니 이런 분부를 내리셨어요.

'네 부친이 큰 옥사獄事를 처결하면서 죄 없는 사람 수십 명의 목숨을 모두 구해 주었으니, 이로써 지난날 뭇 사람들을 해코지했던 죄를 용서받을 만하다. 다섯 아들은 이미 죽은 지 오래되어 돌이킬 수 없으니 너를 돌려보내야겠다.'

저는 절하고 물러나왔어요.

그런데 옥황상제께서 약속하신 날이 바로 오늘 아침이어요. 이때를 놓치면 저는 다시 살아날 가망이 없답니다. 지금 서방님을 만났으니 이 또한 하늘이 정한 운명이겠지요. 오래오래 행복하게 살며 죽을 때까지 서방님을 받들고자 하는데 허락해 주시겠어요?"

23. **시중**侍中 고려 시대의 수상首相.

하생 또한 눈물을 흘리며 말했다.

"그대의 말대로라면 생사를 걸고 그대의 뜻을 따르겠소."

그러자 여인은 베갯머리에서 금척[24]을 뽑아 하생에게 주며 말했다.

"서방님께선 이 물건을 가지고 가서 서울 저잣거리의 큰 절 앞에 있는 노둣돌[25] 위에 올려 두십시오. 그러면 분명 이 물건을 알아보는 자가 있을 겁니다. 어떤 곤욕을 당하더라도 제 말을 부디 잊지 말아 주세요."

"알겠소."

여인은 하생더러 빨리 나가 보라고 재촉했다. 마침내 손을 잡고 이별하기에 이르자 절구 한 편을 지어 읊으며 하생을 보냈다.

> 산유화 처음 지고 산새들 지저귀더니
> 봄소식 어느덧 어둠 속에 돌아오네.
> 생사를 맡겨 은혜가 막중하니
> 어서 금척 들고 인간세계로 나가셔요.

하생도 절구 한 편을 남기고 이별하며 여인이 뜻을 굳게 가지

---

24. **금척**金尺 금으로 만든 자.
25. **노둣돌** 말에 오르거나 내릴 때 발돋움하기 위하여 대문 앞에 놓은 큰 돌. 하마석下馬石.

도록 했다.

> 꽃 간직한 장막[26] 푸른 구름 아래 잠겼나니
> 꽃 찾아 노니는 벌 허락할 리 있나?[27]
> 소매 속의 금척 분명하니
> 사람들 마음 심천深淺을 헤아려 보려네.[28]

여인은 눈물을 그치더니 이렇게 말했다.
"저는 기녀의 무리가 아니거늘 어쩌면 이리도 함부로 대하십니까? 무사히 돌아오시기만 하세요. 제 마음이 바뀔까 근심 마시구요."
하생이 문밖으로 몇 걸음을 나가 뒤돌아보니 갓 만든 무덤이 하나 있을 뿐이었다. 하생은 서글피 눈물을 닦으며 걸었다.
큰 절 앞에 이르러 보니 과연 네모진 노둣돌이 있었다. 하생은 금척을 꺼내어 노둣돌 위에 올려 두었다. 그러나 그 앞을 지나가는 이들 중에 금척을 눈여겨보는 사람은 아무도 없었다.
해가 중천에 떠오를 무렵, 소복을 입은 여인 세 명이 그 앞을 지나갔다. 맨 뒤에 있던 여인이 금척을 보더니 노둣돌 주위를 세

꽃꽃꽃꽃

26. 꽃 간직한 장막 '장막'은 무덤을, '꽃'은 여인을 가리킨다.
27. 꽃 찾아~허락할 리 있나 자신 외의 다른 남자에게 마음을 허락하지 않을 것이라는 뜻.
28. 사람들 마음~헤아려 보려네 여인의 가족이 이 금척을 알아보는지 두고 보겠다는 말.

바퀴나 돌고 갔다.

얼마 뒤에 그 여인이 건장한 사내종 두어 명을 거느리고 와서 하생의 몸을 결박하게 하고는 이렇게 말했다.

"이건 작은 아씨의 무덤에 함께 묻은 물건이다. 너는 남의 묘를 파헤친 도둑놈이렷다!"

하생은 온갖 치욕을 당하면서도 여인이 간절히 부탁한 데다 여인을 사랑하는 마음 또한 깊었으므로 고개를 푹 숙인 채 입 한 번 뻥긋하지 않았다. 그 광경을 본 사람들은 모두들 하생을 향해 침을 뱉으며 욕을 해 댔다.

하생은 하인들에 이끌려 어떤 저택에 이르렀다. 하생은 결박된 채 섬돌 아래에 던져졌.

시중은 오궤[29]에 기대어 마루 가운데 앉아 있었고, 시중의 자리 뒤로는 주렴이 드리워 있었다. 그 아래로 여종 수십 명이 서로 밀고 당기며 앞다투어 하생의 얼굴을 보려 하더니 이렇게 말했다.

"얼굴은 선비인데 행실은 도적놈일세."

시중은 금척을 가져다 확인해 보더니 눈물을 흘리며 말했다.

"과연 내 딸과 함께 묻은 금척이야."

주렴 안에서 곡소리가 터져 나왔다. 여종들도 모두 얼굴을 가리고 울었다. 시중이 손을 저어 울음을 그치게 하더니 하생에게

---

29. 오궤烏几 검은 빛깔의 책상.

물었다.

"너는 어떤 사람이며, 이 물건은 어디서 얻었느냐?"

"저는 태학의 학생입니다. 그 금척은 무덤 속에서 얻었습니다."

"너는 입으로는 시詩와 예禮를 말하면서 뒤로는 남의 무덤을 파헤치는 자[30]란 말이냐?"

하생은 웃으며 말했다.

"우선 결박한 몸을 풀고 어르신께 가까이 다가갈 수 있게 해 주십시오. 매우 기쁜 소식을 알려 드리려 합니다. 어르신께서는 장차 제게 무엇으로 보답을 할까 생각하셔야 할 텐데 도리어 화를 내시는군요."

시중은 즉시 하인들에게 분부를 내려 하생의 결박을 풀고 섬돌 위로 올라오게 했다. 마침내 하생은 지금까지 있었던 일을 찬찬히 말해 주었다. 시중은 차츰 얼굴에 부끄러운 빛을 띠더니 한참 뒤에 이렇게 말했다.

"어찌 그런 일이 있을 수 있단 말인가?"

남녀 종들 모두가 서로를 돌아보며 탄식했다. 그때 주렴 안에서 울음 섞인 목소리가 들렸다.

"헤아리기 어려운 일이니 철저히 확인하고 나서 죄를 주어도

---

30. 입으로는 시詩와~파헤치는 자 『장자』莊子 「외물」外物에서 유래하는 말로, 유자儒者의 위선을 뜻한다.

늦지 않겠어요. 저 선비의 이야기를 듣자니 평소 우리 딸아이의 용모며 옷차림과 의심의 여지없이 똑같아요."

시중이 말했다.

"그렇군. 즉시 삽과 삼태기를 준비하고 가마를 대령해라! 내가 직접 가 봐야겠다."

시중은 하인 몇 명을 남겨 하생을 지키게 하고 길을 나섰다.

잠시 후 묘역墓域에 이르러 보니 봉분의 모습은 예전 그대로 변함이 없었다. 시중은 의아히 여겨 무덤을 파 보았다. 무덤 속의 딸은 안색이 산 사람과 같았다. 심장 있는 쪽을 만져 보니 조금 온기가 있는 것이 아닌가. 시중은 유모를 시켜 딸을 안게 하고 가마에 태워 돌아왔다. 무당이나 의사를 부를 겨를도 없어 가만히 안정을 취하도록 할 따름이었다.

해질녘이 되자 시중의 딸이 깨어났다. 여인은 부모를 보더니 한 번 가느다란 소리를 내어 흐느꼈다. 기운이 차츰 진정되자 부모가 물었다.

"네가 죽고 난 뒤에 무슨 이상한 일이 있었니?"

"저는 꿈인 줄만 알고 있었는데, 제가 정말 죽었었나요? 별다른 일은 없었어요."

여인은 그렇게 말하며 뭔가 수줍어하는 기색이었다. 부모가 무슨 일이 있었는지 재차 캐묻자 여인이 어쩔 수 없이 이야기를 시작하는데 하생이 했던 말과 꼭 들어맞는 것이었다. 온 집안 사람들이 무릎을 치며 놀랐다. 이제 하생은 그 집 사람들에게 몹시 융숭한 대접을 받게 되었다.

며칠이 지나자 여인은 평상시의 모습을 완전히 회복했다. 시중은 하생을 위로하기 위해 성대한 잔치를 베풀었다. 그 자리에서 시중은 하생의 집안에 대해 묻고, 또 하생이 혼인했는지 여부를 물었다. 하생은 아직 혼인하지 않았다고 말한 뒤 부친은 평원 고을의 유생儒生으로 오래전에 작고하셨다고 대답했다. 시중은 고개를 끄덕이더니 안으로 들어가서 아내와 의논하였다.

"하생의 용모와 재주가 참으로 범상치 않으니 사위로 삼는다 해도 문제 될 건 전혀 없겠소만 집안이 서로 걸맞지 않는구려. 더구나 이번에 겪은 일이 너무 괴상망측하고 보니 이 일을 계기로 혼인을 시켰다가는 세상 사람들의 입에 오르내리지 않을까 싶소. 그래서 나는 그냥 재물이나 후하게 주어 사례하는 것으로 끝냈으면 싶소."

부인이 말했다.

"이 일은 당신이 결정할 문젠데, 아녀자가 어찌 나서겠어요?"

하루는 시중이 또 잔치를 열어 하생을 위로하며 하생의 소원을 물었는데 혼사에 관한 언급은 일절 없었다. 하생은 답답하고 불쾌한 마음으로 숙소에 돌아와 가슴을 치고 속을 태우며 약속을 저버린 여인을 원망했다. 하생은 곧바로 절구 한 편을 지어 작은 종이에 쓰더니 여인의 유모더러 여인에게 전해 달라고 부탁했다.

하생의 시는 다음과 같다.

> 옥에 티끌이 묻었다 해서 더럽혀질 건 없나니
> 둥지로 돌아간 봉황새가 난새를 다시 돌아볼 리 있겠는가.
> 팔뚝 위의 눈물 자국 사라지지 않았거늘
> 꿈속의 좋았던 만남 지금 외려 부끄럽네.

여인은 하생의 시를 보고 깜짝 놀랐다. 저간의 사정을 물은 뒤에야 비로소 부모가 하생의 마음을 저버렸다는 사실을 알게 되었다. 여인은 그 즉시 병들었다며 음식을 입에 대지 않았다. 부모가 딸의 속마음을 짐작하고 병이 난 이유를 묻자 여인은 눈물을 흘리며 말했다.

"부모님의 큰 잘못을 남의 일인 양 원망하지 않는 것도 불효요, 부모님의 작은 잘못을 지나치게 따지는 것도 불효입니다.[31] 남의 일인 양 소원하게 대할 수 없어 말씀드리려는 건데, 지나치게 따지는 일이 될까 봐 걱정이어요."

부모가 말했다.

"하고 싶은 말을 해 보아라. 숨길 것이 무어 있겠느냐?"

여인은 비녀와 귀고리를 빼고 일어나 절한 뒤 죄를 청하며 말

---

31. **부모님의 큰~것도 불효입니다** 『맹자』孟子 「고자」告子에 나오는 말.

했다.

아버지 날 낳으시고
어머니 날 기르셨어요.
막내딸을 지극 정성 아끼시어
어여쁘게 자라났답니다.
유복한 가정에서
여자의 도리 배웠어요.
아침저녁 문안하고 음식 올리며
행복하기만 바랐습니다.

옥황상제께서 진노하시어
그동안의 악행에 재앙을 내리셨습니다.
망극하던 은혜가
도리어 근심을 이루고 말았어요.
그리하여 아들 다섯이
목숨을 잃고 말았습니다.
슬퍼라, 저희는 죄가 없건만
그 무덤에 가시나무 무성했어요.

저 밝은 하늘은

아버지가 덕 닦은 걸 아시어서
한 가지 선행에도 음덕을 베풀어
딸을 다시 살리셨어요.
혼이 돌아오는 길이 있어
구천에서 일어났지요.
한밤중에 잠 못 들고 가슴을 치며
긴긴 밤 원한이 사무쳤지요.

밝은 달 떠오른 밤
사랑하는 님을 만나
사랑의 맹세 굳게 맺고
평생을 약속했답니다.
서로의 마음 허락하여
한 몸으로 생사를 함께하자 했지요.

황천에는 길 없지만
무덤에 큰 굴이 뚫렸어요.
기쁘고 흐뭇해라
우리 만남 즐거웠답니다.[32]
서방님이 예의 갖춰 대해 주시니
제가 어찌 나쁜 행실 할 수 있겠어요?

이 은혜 어찌 갚겠어요

그래서 내 마음 허락했지요.

아버지 어머니시여

지금부터 이제

다복하기를 바라신다면

자손을 편안하게 해 주세요.

어찌 운명을 거역하시며

제 마음을 몰라주시나요.

기러기 화락하게 우는

해 뜨는 아침에 혼례를 올리고 싶어요.[33]

아리따운 처녀 혼기가 찼으니

꽃꽃꽃꽃

32. **황천에는 길~만남 즐거웠답니다** 무덤 속에서 하생과 즐거이 만났던 일을 뜻한다. 본래 『춘추좌전』春秋左傳에 나오는 다음의 고사에서 유래하는 말이다. 춘추시대 정鄭나라 장공莊公은 아우 공숙단共叔段의 모반을 진압하고, 아우를 도왔던 어머니 무강武姜을 유폐하며 "황천黃泉에 가기 전에는 다시 만나지 않겠다"라고 맹세했다. 장공은 곧 이 일을 후회하게 되었으나 자신의 맹세를 어길 수도 없어 고심했다. 그러자 이를 안 영고숙潁考叔이란 자가 계책을 올려 "땅을 샘처럼 깊이 파고 거기에 굴을 뚫어 어머니를 만난다면 황천에서야 만나겠다던 맹세를 지키는 것이 아니겠느냐"라고 했다. 장공은 그 말대로 해서 굴 속에 들어가 어머니를 만나고는 "큰 굴 안의 만남 즐겁기도 하여라!"라고 노래했고, 어머니도 굴에서 나와 "아들을 만나고 큰 굴 밖에 나오니 즐거움이 넘치네!"라고 노래했다.

33. **기러기 화락하게~올리고 싶어요** 『시경』 패풍邶風의 「포유고엽」匏有苦葉에 나오는 말. 기러기는 혼례를 상징하는 새로, 해가 떠오르는 아침에 기러기 두 마리를 붉은 비단 보에 싸서 신랑 집에 보내는데, 이를 납채納采라 한다.

길일을 놓치지 말았으면 해요.
우리 둘 다시 만나는 게
저의 소원이고 저의 도리예요.
「백주」[34] 시로 맹세하나니
다른 마음 품지 않으려 해요.

이리 될 줄 알았다면
살아나지 않는 편이 나았을 거예요.
공강[35]의 혼령 있으리니
그와 손잡고 함께 갈까 해요.[36]

시중은 눈물을 흘리며 한숨을 내쉬더니 이렇게 말했다.
"내가 진실하지 않고 자애롭지 못해 너를 이 지경에 이르게 했구나! 지금 뉘우친들 무슨 소용이 있겠느냐? 월하노인[37]이 붉은 실을 발에 묶어 이미 정해진 운명인 터이니 네 뜻대로 해야겠다."
여인의 어머니 또한 딸을 위로하며 좋은 말로 달랬다. 여인은

---

34. **백주**柏舟 『시경』 용풍鄘風의 노래 이름. 춘추시대 위衛나라의 세자 공백共伯이 죽자 그 아내 공강共姜은 수절하고자 했으나 그 어머니가 개가시키고자 하매 이 시를 지어 자신의 굳은 마음을 노래했다고 한다.
35. **공강**共姜 「백주」 시를 노래하여 수절하고자 한, 공백의 아내.
36. **그와 손잡고~갈까 해요** 자결하겠다는 말.
37. **월하노인**月下老人 붉은 실을 가지고 다니며 사람들에게 부부의 인연을 맺어 준다는 신神.

그제야 자리에서 일어나 머리를 빗고 몸단장을 하기 시작했다. 여인은 유모를 불러 하생에게 답시를 전하게 했다. 여인이 지은 시는 다음과 같다.

    두꺼비가 달을 토해[38] 달빛이 가득할 제
    복사꽃이 봄을 머금은 줄 나비도 이미 아네.
    무덤에 맺힌 원한 노래로 드러내니
    이승에서 인연 맺도록 옥황상제께서 정하셨네.

시중은 그 시를 듣고 말했다.
"혼사를 늦춰서는 안 되겠다."
시중은 즉시 하생을 불러 좋은 인연을 맺고자 한다는 뜻을 전하고 또 이렇게 말했다.
"예물이며 혼례에 소용되는 물건은 모두 우리가 준비하겠네."
마침내 하생을 자기 집으로 돌려보냈다가 길일을 택하여 예를 갖추어 맞이했다.
하생이 여인과 다시 만나 비단 장막 안 붉은 등불 아래 마주 앉으니 너무도 기뻐 꿈인지 생시인지 분간할 수 없을 지경이었다. 하생이 말했다.

---

38. **두꺼비가 달을 토해** 달에 두꺼비가 산다는 전설이 있다.

"처음 결혼하는 일도 기쁘겠지만 헤어져 있다 제 짝을 다시 찾은 기쁨에 비할 수 있겠소?"[39] 그대와 내가 예전에 나눈 정을 이제 다시 누리게 되었으니 참으로 기이한 일이오. 세상의 어느 부부가 우리처럼 사랑을 이룰 수 있었겠소?"

여인이 말했다.

"듣자니 불교에서는 삼생三生을 말한다고 하던데 전생前生·현생現生·내생來生이 바로 그것이라지요. 전생에 이미 서방님과 부부였고, 현생 또한 그러한데, 내생에는 어찌될지 모르겠군요. 삼생에 모두 인연을 이룬 일이 예전에 있었던가요?"

이후로 하생 부부는 서로를 공경하고 아끼며 살았으니, 비록 양홍과 맹광[40] 부부나 극결 부부[41]라 하더라도 이들보다 더할 수는 없었다.

이듬해 하생은 과거에 갑과[42]로 합격하여 보문각[43]에서 벼슬살이를 시작했고 훗날 상서령[44]에 이르렀다. 여인과 부부가 되어

---

39. **처음 결혼하는~비할 수 있겠소** 『시경』 빈풍豳風 「동산」東山에 나오는 구절. 이 구절은, 주공周公을 따라 동쪽으로 정벌을 나갔다가 돌아온 군사 가운데 때맞춰 결혼을 하는 자는 그 기쁨이 매우 클 것이고, 이미 결혼했던 자로서 돌아와 아내를 만나는 자는 그 기쁨이 더욱 클 것임을 노래한 것이다. 여기서는 재회의 기쁨이 몹시 크다는 뜻으로 썼다.
40. **양홍과 맹광** '양홍'梁鴻은 후한後漢 때의 은사隱士이고, '맹광'孟光은 그 아내이다. 서로 공경하며 화목한 가정을 이루었던, 어진 부부로 유명하다.
41. **극결 부부** 춘추시대의 인물인 극결郤缺과 그 아내. 서로 공경하기를 마치 손님을 대하듯이 했다고 한다.
42. **갑과**甲科 문과文科 합격자의 첫째 등급. 총 33명의 합격자를 세 등급으로 나누었는데, 최상 등급인 갑과는 3명, 을과乙科는 7명, 병과丙科는 23명이었다.
43. **보문각**寶文閣 고려 시대에 경연經筵과 장서藏書를 맡아보던 관청.

40여 년을 함께 살며 아들 둘을 두었는데, 장남의 이름은 적선, 차남의 이름은 여경이었고,⁴⁵ 두 아들 모두 높은 벼슬을 지냈다.

　하생은 정혼하던 날 예전의 그 점쟁이를 찾아가 보았으나 점쟁이는 이미 다른 곳으로 점집을 옮긴 뒤였다고 한다.

---

44. **상서령尙書令** 고려 때 상서도성尙書都省의 장관으로, 종1품 벼슬.
45. **장남의 이름은~이름은 여경이었고** '적선'積善과 '여경'餘慶은 『주역』의 "적선지가積善之家 필유여경必有餘慶"(선행을 쌓은 집안은 반드시 후손에게까지 경사로운 일이 있다)에서 따온 말이다.

월단단

서거정

채생蔡生이란 사람이 있었다. 그 이름은 잊었는데, 그는 조선의 사족士族으로 풍채가 늠름하고 국량이 컸으며 다방면에 원숙한 재주를 가지고 있었다. 열아홉 살 때인 무오년(1438)에 진사가 되고, 스물두 살 때인 신유년(1441)에 생원이 되어 화려한 명성을 떨쳤으니, 사람들은 모두 채생을 큰 그릇으로 지목하였다. 채생은 성격 또한 활달해서 자잘한 예의범절에 얽매이지 않았는데, 언젠가 벗들에게 이런 말을 한 적이 있다.

"대장부가 세상에 태어나면 뽕나무 활에 쑥 화살을 천지 사방에 쏘나니, 이는 천하에 뜻을 펼치기를 기약해서다.[1] 비록 바다 한 귀퉁이에 있는 나라에 태어나 천하를 두루 볼 수는 없지만, 답답한 마음으로 나약하게 엎드린 채 우물 안 개구리로 살아서야

---

1. **대장부가 세상에~펼치기를 기약해서다** 옛날에 사내아이를 낳으면 뽕나무 활에 쑥 화살을 사방에 쏘아, 천하에 공명功名을 이룰 것을 기원했다.

되겠는가? 나는 우리나라의 명승지를 모두 찾아다니며 내 크나큰 뜻을 채워 보고 싶다. 나는 사마천을 본받고자 하는 사람[2]이다."

정통[3] 기사년(1449) 봄 2월 갑자일[4]에 행장을 꾸려 길을 나섰다. 채생은 한강루[5]에 올라 술이 얼큰히 취하자 개연히 탄식하며 말했다.

"이 누각이 남쪽으로는 한강을 내려다보고, 북쪽으로는 화산[6]을 띠고 있으며, 동쪽으로는 화양정과 낙천정[7]의 아름다운 경관에 이어지고, 서쪽으로는 마포와 희우정[8]의 빼어난 경치와 맞닿는다. 이 산천의 아름다움이 어찌 적벽[9]보다 못하겠으며, 우리네 풍류가 어찌 소동파만 못하겠는가!"

난간에 기대서서 한껏 숨을 들이마시고는 길게 휘파람을 부니 표연히 속세를 초탈하고자 하는 뜻이 있었다. 주위 사람들이 모두 채생을 우러러보았다.

2. **사마천을 본받고자 하는 사람** 중국의 역사가 사마천司馬遷이 중국 전역을 답사한 바 있기에 한 말이다.
3. **정통正統** 명나라 영종英宗의 연호.
4. **갑자일甲子日** 세종 31년 2월 13일에 해당한다.
5. **한강루漢江樓** 한강가에 있던 누각 이름. '제천정'濟天亭이라고도 했다.
6. **화산華山** 북한산.
7. **화양정華陽亭과 낙천정樂天亭** 서울 동쪽 근교에 있던 정자들.
8. **희우정喜雨亭** 양화도 근처에 있던 정자. 원래 효녕대군孝寧大君의 별장이었는데, 세종이 행차하여 이 이름을 하사했다고 한다. 성종 때 월산대군月山大君이 망원정望遠亭으로 이름을 고쳤다.
9. **적벽赤壁** 중국 호북성湖北省 황주黃州의 땅 이름. 소동파의 「적벽부」赤壁賦로 유명하다.

기사일[10]에 충주에 도착했다. 충주 목사[11] 안엄경[12]과 통판[13] 이홍손[14]이 채생을 환대하며 경연루[15]에서 잔치를 베풀어 주었다. 때는 바야흐로 상사일[16]이라서 따사롭고 화창한 날씨였다. 아름다운 음악이 가득 울려 퍼지는 자리에 석 줄로 늘어선 젊은 기녀들 또한 한결같이 곱게 단장하고 있었다.

맨 끝줄에 앉은 기녀의 이름은 월단단月團團이었다. 나이는 열여섯쯤 되어 보였다. 소담한 얼굴에 짙게 화장을 했는데 분칠은 심하게 하지 않았다. 마음가짐이 한가롭고 단아해 보였으며, 행동거지 하나하나에 아리따운 맵시가 녁넉히 깃들어 있어서 당나라의 송경[17]처럼 심지가 굳은 사람이라 할지라도 평정심을 유지할 수 없을 듯했다.

채생은 단단을 주시하며 자못 각별한 마음을 담아 보냈다. 영

---

10. **기사일己巳日** 세종 31년 2월 18일에 해당한다.
11. **목사牧使** 관찰사 밑에서 지방 행정단위의 하나인 목牧을 맡아 다스린 정3품 관직. 조선 시대에는 전국 주요 지역에 20개의 목牧이 있었다.
12. **안엄경安淹慶** 세종 때 경상도 경력經歷(종4품)을 지내고, 세조 즉위 때 부사府使로서 원종공신原從功臣에 올랐다.
13. **통판通判** 판관判官. 각 감영監營 및 큰 고을에 두었던 종5품 벼슬.
14. **이홍손李興孫** 세종 때 제천 현감을 지내고, 세조 즉위 때 사헌부 감찰監察로서 원종공신에 올랐다.
15. **경연루慶延樓** 충주의 객관客館 동쪽에 있던 누각. 『신증동국여지승람』新增東國輿地勝覽에는 '慶迎樓'(경영루)로 표기되어 있다.
16. **상사일上巳日** 3월 상순 중 날짜의 간지에 '사'巳가 들어 있는 날, 혹은 삼월삼짇날을 가리키는데, 여기서는 봄날 정도의 뜻으로 쓰였다.
17. **송경宋璟** 당나라 현종玄宗 때 재상을 지낸 인물로, 어떤 일에도 마음이 동요하지 않으며 지조를 굳게 지킨 것으로 유명했다.

리한 단단이 채생의 마음을 받아 눈길을 주자 채생은 더욱 마음이 달아올랐다.

당시에 정묘년(1447) 과거에서 을과[18]로 합격한 안선생安先生이란 이가 경학經學에 밝고 덕행이 뛰어나 양성[19] 교수[20]를 하고 있었는데, 이 사람이 바로 통판의 조카여서 그 자리에 함께 있었다. 안선생은 채생과 신유년 생원시에 함께 급제한 사이이기도 했다. 안선생은 채생의 속마음을 눈치 채고는 술이 얼큰해지자 채생에게 말했다.

"좋은 시절은 다시 오지 않고, 좋은 만남은 이루기 어렵지요. 형께서는 오늘 한바탕 즐거움을 누리는 게 좋겠습니다."

안선생은 채생에게 일어나 춤을 춰 보라고 권했다. 채생이 학처럼 늘씬한 몸을 빙그르 돌리며 너울너울 춤을 추자 자리에 있던 모든 사람들이 바라보았다. 안선생은 단단에게 마주 서서 춤을 추도록 분부했다. 단단은 천천히 누각 아래로 내려가 화장을 고치고 온갖 장식을 바꿔 달아 머리부터 발끝까지 곱게 꾸미고 비파를 들고 올라와 춤을 추었다. 하늘하늘한 치맛자락은 노을에 나부끼고, 간드러지는 노랫소리는 구름을 뚫고 올라갔다. 몸과

---

18. **을과乙科** 문과文科 합격자의 둘째 등급. 총 33명의 합격자 중 최상 등급인 갑과甲科는 3명, 을과는 7명, 병과丙科는 23명이었다.
19. **양성陽城** 경기도 안성에 있던 고을 이름.
20. **교수敎授** 지방의 향교에 두어 지방 자제를 가르치게 한 관직.

그림자가 서로를 비추듯 아름다운 두 사람이 마주 서서 훨훨 날갯짓을 하며 빙글빙글 도는 모습을 바라보고 있자니 이 세상 사람이 아닌 듯싶었다.

춤이 끝났다. 안선생은 단단으로 하여금 채생에게 술잔을 올리게 했다. 단단은 채생의 속마음을 떠보려고 실수인 척 채생의 옷에 술잔을 떨어뜨렸다. 단단은 황급히 뒷걸음질쳐 땅에 엎드리더니 소리를 낮추어 말했다.

"큰 실례를 범하였습니다."

채생이 깜짝 놀라 말했다.

"내가 그대를 건드려서 그런 거지 그대 잘못이 아니잖나."

단단은 잔을 씻어 다시 한 잔을 따라 올렸다. 채생은 단단이 주는 대로 단숨에 술잔을 비웠다. 채생은 본래 술을 잘 못했지만 너무도 기쁜 나머지 술을 받아 마시더니 적잖이 취해 버렸다.

채생은 술자리에서 물러나 침실로 들어갔다. 텅 빈 객관客館 방이 몹시도 고요했다. 채생은 아름다운 기약을 이루지 못할까 싶어 마음속이 타들어 갔다. 누웠다 일어났다 몸 둘 곳을 모르더니 문기둥에 기대어 나직이 시를 읊조렸다.

안선생은 목사에게 청하여 단단이 채생의 잠자리를 모시도록 미리 조치를 해 두었다. 그러고는 채생의 마음을 떠 보고자 단단을 객관 밖에 숨겨 둔 채 혼자 채생의 방으로 들어갔다. 안선생이 인사를 하자 채생은 황급히 다가가 안선생을 그러잡고 말했다.

"친구를 이렇게나 오래 기다리게 하시다니, 왜 이리 늦었습니까?"

"무슨 하실 말씀이라도 있으십니까?"

"오늘 반갑게도 형을 만났으니 내 일을 이루어 줄 사람은 오직 형뿐입니다."

안선생은 무슨 말인지 모르는 체하며 대꾸했다.

"어떤 일을 말씀하시는지?"

"오늘 술자리에서 나와 춤추던 아이가 누굽니까? 곱고 아리따운 자태가 기녀들 중에 으뜸이더이다. 내 마음이 금강석처럼 굳지 못하니 어찌 정이 없을 수 있겠습니까?"

안선생이 가슴을 치며 말했다.

"그 아이는 충주 제일의 기녀 월단단이외다. 한림[21]을 지냈던 김공金公은 세상 사람들이 '철장'[22]이라 불렀거니와 아리따운 여인에게 눈길 한 번 돌린 적이 없는 분이었지요. 그런데 그분이 충주에 포쇄관[23]으로 왔다가 단단에게 매혹되어 맑은 절개를 잃고 말았습니다. 오늘 이름난 기녀를 뽑으려 하고 보니 단단이 아니고는 아취가 없겠기에 자리에 나오게 했던 거외다. 하지만 오늘 마

---

21. 한림翰林 예문관藝文館의 검열檢閱을 일컫던 말. 정9품 벼슬.
22. 철장鐵腸 무쇠처럼 단단한 심지를 가져 어떠한 일에도 흔들림이 없는 사람.
23. 포쇄관曝曬官 사고史庫의 서적을 점검하고 관리하는 일을 맡은 벼슬로, 예문관의 검열이 담당했다. 조선 전기에는 서울의 춘추관春秋館 외에 충주·전주·성주에 사고가 있었다.

침 괴산 태수 아무개가 공문서를 가지고 충주에 온지라 단단이 이미 태수의 잠자리 시중을 들고 있으니, 형의 일은 틀렸습니다. 그런 사정이 없다면 내 어찌 형을 위해 일을 주선하지 않겠습니까?"

그렇게 말하더니 두어 번 개탄하는 것이었다. 채생은 하늘을 우러러 탄식하며 말했다.

"좋은 인연이든 나쁜 인연이든 어찌 모두 하늘이 미리 정한 것이 아니겠소! '호사다마'라는 말이 있더니 소원 성취는 글렀구려!"

채생은 절구[24] 한 편을 읊었다.

깊은 밤 빈 객관에 찾아오는 이 없는데
홀로 앉아 고요히 누군가를 그리워하네.
어느 곳 먹구름[25]이 천지를 뒤덮어
휘황한 저 달빛[26]을 가려 버리나.

안선생은 화답하는 시를 지어 읊었다.

---

24. **절구絕句** 네 구句로 이루어진 한시 형식.
25. **먹구름** 괴산 태수 아무개를 가리킨다.
26. **달빛** 월단단을 가리킨다.

월단단의 재색은 고금에 드물어
지나는 길손마다 그리워했네.
아득한 하늘의 뜻을 어이 알거나
먹구름 가고 나면 달빛 환하리.

채생이 별안간 안선생의 손을 덥석 잡더니 껄껄 웃으며 말했다.
"나를 일깨워 주는 이는 형뿐이로군요."[27]

마주 앉아 담소하는 사이 밤 10시 무렵이 되었다. 단단이 채생의 숙소 밖에서 인사를 하더니 다른 기녀인 양, 등 뒤에 등불을 켜고 앉았다. 채생은 그렇고 그런 기녀겠거니 하며 대수롭지 않게 생각했다. 이윽고 안선생이 작별하고 나갔다. 채생은 등불을 가져다 기녀의 얼굴을 비춰 보았다. 바로 월단단이었다. 채생은 뜻밖의 일에 놀랍고도 기뻐서 환호작약했다. 그러자 단단은 고개를 숙여 얼굴을 가리며 수줍어하는 몸짓을 보였다. 채생이 장막 안으로 들어가 들어오라고 부르자 단단은 나지막한 목소리로 말했다.

"제가 오늘 마침 달거리 중이라 잠자리를 모시지 못하겠사옵니다."

---

27. **나를 일깨워 주는 이는 형뿐이로군요** 『논어』論語 「팔일」八佾에 나오는 공자의 말을 흉내 낸 표현. 공자는 제자 자하子夏에게 "나를 흥기시키는 자는 상商(자하의 이름)이로구나. 비로소 너와 함께 『시경』詩經에 대해 말할 수 있겠다"라고 했다.

들어오지 않고 머뭇거리며 굳이 사양하는 모습이었다. 채생은 소변을 보러 가는 척하며 일어서더니 별안간 단단의 몸을 잡아채 장막 안으로 데리고 왔다. 단단은 살짝 성을 내며 말했다.

"제가 비록 천한 몸이지만 받들어 모신 귀하신 손님이 벌써 수십 분은 될 것입니다. 혹 무반武班의 호걸스러운 장수가 거칠고 사납게 횡포를 부리며 예의를 차리지 않고 위세로 협박하는 일이 있으면 저희 무리 또한 그 사람을 무반으로 대우하여 대단히 여기지 않습니다. 반면에 선비의 옷차림으로 예의를 지키며 고담준론을 펼치고 시를 잘 짓는 분은 비록 미천한 여자에 대해서도 한결같이 법도를 지키시므로 저희들이 삼가 공손히 받들면서도 행동에 실수가 있지나 않을까 늘 조심한답니다. 귀객貴客께서는 조정의 관원이시면서 왜 이리 저를 함부로 대하시는지 모르겠습니다."

채생이 부끄러워 잡은 손을 천천히 놓더니 물러나 짧은 병풍에 몸을 기댄 채 입을 다물고 가만있었다. 잠시 후에 단단이 미소를 지어 보이더니 구름처럼 풍성한 머리를 풀어 비녀를 뽑고 손길 닿는 대로 옷을 벗으며 조용히 말했다.

"사람이 인연이 있으면 자연스레 한 몸이 되는 법이지요. 서방님께선 지금 무엇을 두려워하셔요?"

이윽고 손으로 은빛 등불을 끄고 장막 안으로 들어와 바야흐로 깊은 운우지정을 나누었다. 단단은 피부가 향기롭고 보드라웠으며, 귓가에 속삭이는 말소리가 맑고 고왔다. 총명함 또한 빼어나서 채생의 마음에 응하는 것이 모두 딱 맞았다. 채생은 단단에게 완전히 매혹되어 하룻밤 사이의 기쁨이 십 년 동안 누린 기쁨보다 더한 듯했다.

새벽 4시 무렵, 안선생이 기녀를 거느리고 채생의 침실 장막 앞에 와서 채생을 불렀다. 채생과 단단은 아직 운우지정 나누기를 그치지 않고 있던 터에 안선생의 목소리를 듣고는 깜짝 놀라 허둥거렸다. 안선생이 채생에게 말했다.

"형! 지난날 형과 함께 성균관에서 공부하던 시절이 생각나는구려. 그때 우리가 책을 싸 들고 산사山寺로 들어가 밤낮으로 열심히 공부했잖습니까. 찬바람이 뼈를 에자 입을 오므려 길게 탄식하며 이리 말했었지요.

'혹 부귀를 얻으면 멋들어지게 놀아 평소의 뜻을 펴리라!'

오늘이 정말 형과 함께 뜻을 펴는 때로군요. 각자 모시는 기녀를 곁에 두고 술 마시고 노래하며 한없이 즐겨 마땅할 듯한데 형의 생각은 어떻습니까?"

채생이 말했다.

"감히 청하지 못할 뿐이지 그게 바로 내 뜻이지요."

이에 채생과 단단이 한자리에 앉고 안선생과 또 다른 기녀가 한자리에 앉아 한껏 술을 마셔 대며 지극한 즐거움을 누렸다.

새벽에 목사와 통판이 와서 안부를 묻고는 작은 잔치를 베풀어 주었다. 잔치가 끝나자 채생과 단단은 다시 침실로 들어갔다. 기쁜 마음을 미처 다 나누지 못한 채 이별할 시각이 다가오자 두 사람은 마주 보고 눈물을 뿌리며 속히 다시 만나자고 굳게 맹세했다.

때는 이미 정오였다. 문밖을 돌아보니 나귀가 이미 대기하고 있고 하인들은 분주히 출발 준비를 하고 있었다. 그러나 채생은 미련을 두고 머뭇거리며 차마 단단의 손을 놓지 못했다. 늙은 하인 한 사람이 조용히 들어와 고하였다.

"갈 길이 멀고 험한데 하인들과 말은 지쳐 있고 말먹이도 거의 떨어져 갑니다요. 서방님께선 왜 이리 지체하시나요?"

채생이 억지로 마음을 다잡고는 눈물을 닦고 옷자락을 펄럭이며 일어났다. 단단은 채생을 소리쳐 부르며 따라 내려오더니 울며 말했다.

"당신은 대장부이니 아녀자 하나 때문에 잠시라도 갈 길을 멈출 수 없다는 건가요? 서방님이 다시는 저와 좋이 지내지 않으시겠다면 이걸로 끝이어요. 하지만 만일 우리가 맹세한 말을 어기지 않으려거든 이처럼 쉽게 떠나실 수는 없는 법입니다."

채생은 울음을 참고 억지로 좋은 얼굴을 지어 보이며 말했다.

"이별은 애석하지만 가는 길에 정해진 기한이 있으니 잠시 자네를 떠나는 것뿐일세."

마침내 출발하여 문경새재에 이르자 채생은 절구絶句 한 편을 읊었다.

구름다리 구불구불 길이 아스라한데
중원中原(충주) 땅 돌아보니 아득도 하여라.
오직 저 둥근 달[28]에 상심하나니
오늘밤 양쪽 땅[29]을 밝게 비추겠지.

채생은 영남에 이르러 상주, 선산, 성주, 경주, 김해, 진주, 밀양을 두루 다니며 각 고을의 이름난 기녀들을 여럿 가까이했지만 월단단만큼 마음에 드는 사람은 없었다. 채생은 단단에게 다음의 시를 보냈다.

강가의 저 원앙새
쌍쌍이 거닐고 쌍쌍이 하늘을 나네.
아침엔 연리지[30]에서 자고
저녁엔 병체화[31]에서 자네.
한갓 미물도 저러하거늘
사람은 왜 그럴 수 없나?
지루한 나그넷길

---

28. **둥근 달** 월단단을 가리킨다.
29. **양쪽 땅** 채생 자신이 있는 새재와 월단단이 있는 충주를 말한다.
30. **연리지**連理枝 뿌리가 다른 두 그루의 가래나무 가지가 서로 붙어 하나가 된 것. 흔히 금슬이 좋은 부부를 일컫는 말로 쓴다.
31. **병체화**並蒂花 한 가지에 나란히 피어 있는 꽃.

가고 가면 또 앞에 산과 강이 가로막네.
그대 향한 가없는 마음에
공연히 중원의 달만 바라보네.

채생은 날마다 월단단 생각에 애태우며 꿈에도 월단단을 잊지 못했다. 결국 채생은 발길을 급히 돌려 4월 16일 경자일[32]에 문경현聞慶縣에서 묵었다. 이튿날 해가 동남쪽에 떴을 때 안부역[33]에 도착해서 잠시 쉬며 옷을 갈아입고 말을 갈아탄 뒤 고삐를 쥐고 채찍질을 하며 의기양양하게 길을 재촉했다.

한낮이 될 무렵 충주성 문 앞에 이르렀다. 늙은 하인이 말을 멈추며 말했다.

"오늘 서방님을 뵈니 분주한 마음에 말을 급히 몰며 겉으로는 의기양양해 보이지만 속으로는 두려움을 품고 계신 것 같으니, 분명 무슨 일이 있는 듯합니다. 쇤네의 생각이 맞다면 말씀해 보세요. 쇤네가 비록 늙어서 죽을 날이 다가옵니다만 그동안 보고 들은 게 많으니 서방님을 위해 기묘한 계책을 낼 수도 있지 않겠습니까?"

"그럴 일이 있지. 무슨 계책을 내놓으려고?"

---

32. **경자일庚子日** 세종 31년 4월 16일은 '을축일'이다.
33. **안부역安富驛** 충주 인근의 연풍현延豊縣에 있던 역참驛站.

하인은 손가락으로 남산 한쪽 기슭을 가리키며 말했다.

"저쪽에 절이 하나 있는데 그 절의 불상이 퍽이나 영험해서 사람들이 지극 정성으로 빌면 틀림없이 그 일을 이루어 준다고 합니다. 여기서 겨우 오륙 리 길이니 한번 가서 소원을 빌어 보시는 게 어떨지요?"

"나는 유학을 업으로 삼은 선비로서 망녕되이 부처를 섬기지 않는다만 큰 소원이 있으니 선비 궁상을 떨 수는 없는 일이지."

채생은 펄쩍 뛰어 말에 올라타더니 가시나무 덤불을 헤치고 절 문 앞에 이르렀다. 건물은 다 쓰러져 가고 담장은 다 무너져 있었으며, 쑥이 가득 돋은 정원에서 까치만 공연히 울어 댈 따름이었다. 채생은 절 주변을 한 바퀴 돌아보고 한곳에 우두커니 서 있었다. 인기척이라곤 전혀 없었다.

얼마나 지났을까, 허리가 굽은 노승老僧 한 사람이 지팡이를 끌고 나와 말했다.

"어떤 속객俗客이 오셨는지요? 여기는 깊숙하고 외진 땅으로 절 건물도 황폐해져서 귀한 분의 발길이 끊어진 지 벌써 수십 년이 되었습니다. 귀빈께서 무슨 일로 이곳에 왕림하셨는지 모르겠군요."

노승은 채생을 방으로 안내하여 자리에 앉혔다. 채생은 비단 가방에서 붓을 꺼내 쥐고 좋은 먹을 갈더니 새하얀 종이를 펼쳐 자비로우신 부처님께 발원하는 글을 지었다. 글의 기운은 회오리

바람처럼 굳세고, 글씨의 기세는 용이 날아오르는 듯했다. 그 글은 다음과 같다.

> 보아도 보이지 않고 들어도 들리지 않나이다.
> 부처시여
> 그 신령스러움 헤아릴 수 없나이다.
> 아침에는 구름이 되고 저녁에는 비가 되나니[34]
> 아름다운 사람을 그리나 만날지 모르겠나이다.

또 이렇게 썼다.

> 생이별이 사별보다 견디기 힘들거늘
> 오래도록 이별의 슬픔 안고 사나이다.
> 나쁜 인연이 좋은 인연 되어
> 원앙의 다정한 꿈 이루게 하소서.

채생이 글쓰기를 마치자 노승은 채생을 이끌어 불상 앞으로 나아가게 했다. 채생은 향을 꽂고 축원하였다.

---

34. **아침에는 구름이~비가 되나니** 초나라 회왕懷王이 양대에서 낮잠을 자다가 꿈에 무산巫山의 여신을 만났는데, 무산의 여신이 자신은 아침에는 구름이 되고 저녁에는 비가 된다고 말한 뒤 잠자리를 함께했다는 전설에서 나온 말.

"소원을 이루어 주시면 큰 절을 새로 지어 보답하겠나이다."

채생은 무수히 엎드려 절을 하고 노승과 헤어졌다.

서너 시쯤 되어 충주에 들어갔다. 이통판李通判이 나와 맞이하더니 동헌東軒에서 작은 잔치를 베풀어 주었다. 아리따운 기녀들이 가득했는데, 유독 월단단만 보이지 않았다. 채생은 원망과 울적함이 가득해 술이 목구멍으로 넘어가지 않았다. 잔치가 끝날 무렵 이방吏房이 기녀 명부名簿를 가지고 와 통판에게 고하였다.

"단단이 귀빈을 모셔야 하는데 지금 또 괴산 태수의 전도[35]가 왔습니다. 단단더러 초나라를 좇게 할지 제나라를 좇게 할지[36] 모르겠는데, 무슨 묘안이 없겠습니까?"

채생은 이 말을 듣고 마음과 얼굴이 모두 일그러졌다. 통판은 이방을 보고 미소 지으며 말했다.

"어느 쪽을 따를지 단단이 결정하게 할 일이다."

채생이 또 이 말을 듣고는 기쁨과 두려움이 교차했다. 채생은 객관 숙소로 물러가 이리저리 서성이며 가만있질 못했다. 마음을 안정시키려 해도 정신이 산란하여 앉았다 누웠다 하며 한숨만 푹푹 내쉬었지만, 밤 10시가 되도록 아무 소식이 없었다. 한참을 기다리다가 채생은 잠이 들었다. 그때 단단이 살금살금 창을 넘어

---

35. **전도**傳導 관리가 행차할 때 도착지에 앞서가서 행차 소식을 알리는 사람.
36. **초**楚**나라를 좇게 할지 제**齊**나라를 좇게 할지** '월단단으로 하여금 괴산 태수와 채생 중 누구를 좇게 해야 할지'라는 뜻.

들어오더니 채생의 뺨을 살짝 치며 말했다.

"어느 집 아이가 빈 객관에서 잠을 자는고?"

채생은 단단의 음성을 듣고 깜짝 놀라 일어났다. 단단이 말했다.

"창기娼妓로 태어나지 말았어야 해요. 진작 서방님이 오셨다는 소식을 듣고 뵙고 싶은 마음이 굴뚝같았지만 마침 억지로 접대해야 할 못난이가 와 있어서 몸을 뺄 수가 없었어요."

그러더니 눈물을 줄줄 흘리는 것이었다. 채생은 다만 이렇게 말할 따름이었다.

"정말 고맙네, 정말 고마워."

두 사람은 마침내 예전의 맹세를 지켜 사랑을 나누었다.

때는 초여름 4월 16일이었다. 고운 달빛 아래 꽃 그림자가 무성했다. 밤 12시가 가까워 오는데 단단이 채생의 어깨에 몸을 기대며 말했다.

"서방님! 달콤한 생각이 끝없이 이어지는데 이 좋은 밤을 그냥 보낼 수 있겠어요?"

두 사람은 손을 잡고 뜰을 거닐었다. 사방에는 아무도 없어 솟아오르는 정을 주체할 수 없었다. 단단은 채생의 팔을 깨물어[37] 조금 피가 나오게 한 뒤 하늘을 가리키며 말했다.

---

37. **팔을 깨물어** 맹세의 뜻을 표시하는 행위. 전국시대의 명장名將 오기吳起가 고향을 떠날 때 자기의 팔을 깨물며 어머니에게 성공할 것을 맹세했다는 데서 유래한다.

"지금 이 마음을 뉘가 알까?"

채생이 말했다.

"'7월 7일 장생전長生殿[38]에서

아무도 없는 깊은 밤 속삭이던 말.

하늘에서는 비익조[39]가 되고

땅에서는 연리지가 되기를 바란다오.'[40]

이건 당나라 현종玄宗이 양귀비楊貴妃에게 맹세하던 말이지. 오늘 밤 상황이 그때와 똑같으니 너를 저버리지 않을 것을 저 달에 두고 맹세할게."

채생과 단단은 두 손을 모으고 달을 향해 섰다. 단단이 먼저 절하고 채생이 나중에 절하며 백배百拜를 올리기 시작했다. 단단은 손가락을 꼽으며 숫자를 헤아려 하나부터 백까지 셌는데 조금도 게으른 빛이 없었다. 백배를 마치고 채생이 말했다.

"생각이 끝없이 이어지니 두 손 모아 백 번 절을 하는 동안 조금도 지겨운 줄을 모르겠구나."

채생은 그대로 객관에 머물러 이틀 밤을 묵었다.

채생은 서울로 돌아와서 늘 마음이 우울하더니 결국 병에 걸리

---

38. **장생전長生殿** 장안長安 동쪽 교외에 있던 별궁別宮인 화청궁華淸宮의 전각殿閣 이름. 당나라 현종玄宗이 양귀비楊貴妃와 함께 지내던 곳이다.
39. **비익조比翼鳥** 암수가 각각 눈 하나와 날개 하나만을 갖고 있어 두 마리가 서로 힘을 합해야 비로소 두 날개를 이루어 날 수 있다는 전설상의 새. 금슬이 좋은 부부를 비유하는 말로 쓴다.
40. **7월 7일~되기를 바란다오** 당나라의 시인 백거이白居易의 시 「장한가」長恨歌에 나오는 구절.

고 말았다. 채생의 시골집이 음성현陰城縣에 있었는데, 음성에서 충주까지는 겨우 30리 거리였다. 채생은 가족들을 거느리고 음성으로 갔다. 마침내 월단단과 오가며 며칠 동안 함께 노닐었다. 마침 수참[41] 찰방[42]을 지내고 있던, 채생의 친구 이강李綱이라는 이가 채생과 단단을 금탄역[43]으로 초청하여 수십 일 동안 머물게 했다. 가무와 악기 연주에 두루 뛰어난 단단은 채생과 늘 손잡고 다니며 반걸음도 떨어지려 하지 않았다. 신발에 밀랍을 바르고[44] 산에 오르기도 하고, 배를 띄워 강에서 노닐기도 하며 하루도 헛되이 보내는 일이 없었다. 채생은 술이 얼큰히 취할 때마다 이런 노래를 불렀다.

난정의 모임[45]은

술과 시는 있었으되 음악이 없었고,

동산[46]의 놀이는

---

41. **수참水站** 조선 시대 내륙지방의 하천망을 이용하여 세곡稅穀을 서울로 운송하기 위해 설치한 역참. 충주의 가흥창可興倉이 좌수참左水站으로, 황해도 배천의 금곡창金谷倉이 우수참右水站으로 편성되어 있었다. 여기서는 충주의 좌수참을 말한다.
42. **찰방察訪** 종6품 지방관. 관찰사에 소속되어 도道의 역참 일을 관장했다.
43. **금탄역金灘驛** 금탄金灘에 둔 역참. 금탄(쇠여울)은 충주시 오석리 일대 남한강 유역의 여울 이름.
44. **신발에 밀랍을 바르고** 신발에 밀랍을 바르면 산을 오르는 데 도움이 된다고 한다.
45. **난정의 모임** '난정'蘭亭은 중국 절강성 소흥시紹興市에 있는 정자 이름. 동진東晉의 명사名士 41명이 이곳에서 술을 마시며 시를 지어 읊고 그 시들을 시첩詩帖으로 남겼는데, 왕희지王羲之가 시첩의 서문序文을 썼다.
46. **동산東山** 중국 절강성 상우현上虞縣에 있는 산. 동진 때 사안謝安이 이곳에 은거했다.

아름다운 기녀는 있었으되 음악이 없었네.

적벽의 소동파는

술이 없어 아내와 의논했고[47]

섬계의 왕휘지는

홀로 친구를 찾아갔네.[48]

음악과 아름다운 기녀와 술과 벗이 있는 이는

고금에 나뿐일세!

사람들은 이 노래를 듣고 우뚝하고 탁 트인 기상에 감탄했다.

헤어질 시간이 되었다. 채생과 단단은 강가에 나란히 앉아 있었다. 단단의 눈에서 두 줄기 눈물이 샘솟아 턱으로 흘러내리더니 바위 위로 방울방울 떨어져 시냇물을 이룰 듯싶었다. 채생은 먹을 갈아 시 한 편을 써서 단단에게 주었다.

바위 위에 떨어진 연인의 눈물로

먹을 갈아 시를 쓰네.

---

47. **적벽의 소동파는~아내와 의논했고** 소동파가 적벽에 배를 띄워 놓고자 했으나 술이 없는지라 아내한테 의논했더니, 소식의 아내는 그런 일에 대비해 간직해 둔 말술을 내준 일이 있다. 「후적벽부」後赤壁賦에 나오는 말.
48. **섬계의 왕휘지는~친구를 찾아갔네** 동진의 왕휘지王徽之가 눈 쌓인 달밤에 문득 섬계剡溪의 은사隱士 대규戴逵가 보고 싶은 생각이 들자 밤새 홀로 배를 저어 새벽녘에 그 문 앞에 다다랐다는 고사가 있다. '섬계'는 절강성 조아강曹娥江의 상류.

이 시를 주어 그대를 보내나니

바위를 볼 때마다 나를 생각해 주오.

단단은 채생이 준 시를 향주머니에 넣어 가슴에 차고는 진정을 담아 이별의 아쉬움을 토로했다. 두 사람은 손을 맞잡고 통곡한 뒤 헤어졌다.

몇 달 뒤에 채생은 가족과 함께 배를 타고 서울로 돌아갔다. 충주를 경유하여 금탄에 정박하여 배를 정비하며 며칠을 머물러야 했다. 누각에 올라 바라보니 슬픔이 북받쳐 올랐다. 채생은 처남인 유상사[49]에게 말했다.

"장모님께서는 많은 연세에도 건강하시고 우리 형제들은 화목하게 지내고 있으니, 이 좋은 강산을 한번 유람하지 않을 수 있겠는가. 다만 음악과 미녀가 없어 즐기지 못하는 게 유감이군."

유상사가 말했다.

"형님 분부에 따를 뿐입니다."

이튿날 아침, 채생과 유상사는 충주 목사에게 가서 인사를 드렸다. 목사는 즉시 이름난 기녀 수십 명을 뽑아 이들을 모시게 했는데, 단단은 그중에 들어 있지 않았다. 채생은 너무도 실망이 커서 눈물을 감춘 채 쭈뼛거리며 서성이다가 곁에 있던 기녀들을

---

49. **유상사**柳上舍 유씨 성의 상사上舍. '상사'는 진사나 생원을 일컫는 말.

돌아보고 말했다.

"단단은 지금 어디 있느냐?"

"어젯밤 영남 땅에 강향[50]하러 가는 조정 관리 한 분이 오셔서 단단이 잠자리 시중을 들었습니다. 조정 관리는 내직원[51] 별감[52] 이매李梅라는 분으로, 통판의 사촌형제입니다."

채생이 발끈 성을 내며 말했다.

"내직원에 있는 자도 조정 관리라 하느냐?[53] 내가 이매를 잘 아는데, 별것 아닌 사람이다. 풍류로 보나 문장으로 보나 사람을 움직이기에 부족하거늘, 단단이 어찌 이매를 후대하고 나를 박대할 수 있겠느냐?"

채생은 곧장 단단의 집으로 갔다. 단단은 마침 풍성한 머리를 빗고 화장을 한 뒤 제 모습을 거울에 비춰 보고 있었다. 채생이 별안간 들어가 헛기침을 하자 집안 사람들이 크게 웃으며 말했다.

"서방님이 또 오셨네!"

채생이 단단에게 말했다.

"그대를 위해 왔건만 그대가 다른 곳으로 간다는 말을 듣고 가슴속에 울화가 치밀었네. 하지만 지금 그대를 만났으니 이건 하

---

50. **강향降香** 매월 1일과 15일에 관리가 향교鄕校의 문묘文廟에 분향하는 일.
51. **내직원內直院** 임금을 호위하는 일을 맡아 보던 관서.
52. **별감別監** 조정에서 지방으로 파견하는 신하에게 주는 임시 벼슬.
53. **내직원에 있는~관리라 하느냐** 내직원 관료는 대개 공신功臣의 자손들로서 별도의 시험 없이 채용되었기에 하는 말.

늘이 정해 준 인연이지 사람의 힘으로 어찌할 수 있는 게 아닐세. 어떤가, 내 계획을 따르겠나?"

"죽고 사는 건 천명에 달려 있겠지요."

두 사람은 말 한 마리를 같이 타고 금탄으로 향했다.

이날 점심 때 충주 목사는 이매를 위로하는 잔치를 베풀려 하고 있었는데, 단단은 이미 금탄으로 떠나 버린 터였다. 목사는 어쩔 도리가 없어 사나운 아전 수십 명에게 급히 명령을 내려 단단을 잡아오게 했다.

채생과 단단은 이미 금탄에 도착하여 배를 띄우고 정답게 앉아 있었다. 하늘이 이루어 준 만남이라 비할 데 없이 기막힌 행운을 얻었다고 여겼지만 큰 소란을 일으킨 것이 분명한지라 근심과 두려움이 함께 일어났다. 두 사람이 손을 마주 잡고 슬피 우는데, 문득 흙먼지가 자욱하게 일어나더니 나는 듯이 말이 내달아 곧장 배 위로 올라왔다. 사나운 아전 수십 명이 몽둥이를 날리며 달려들어 단단을 잡아채더니 등 뒤로 두 손을 묶어 끌고 갔다. 말은 구름이 날고 새가 나는 듯 달려가 순식간에 간 곳을 알 수 없다. 채생은 시선을 한곳에 둔 채 멍하니 바라볼 따름이었다.

얼마 뒤 채생의 집에서는 단단의 일 때문에 부부싸움이 크게 일어났다. 채생은 이렇게 말했다.

"대장부가 어찌 아녀자와 반목하며 다툼을 벌일 수 있겠는가?"

채생은 옷소매를 떨치며 일어나더니 동자 한 명을 앞세워 말을 타고 다시 단단의 집으로 갔다.

한낮이 되어 잔치가 시작되자마자 단단이 도착했다. 목사와 통판은 이매를 즐겁게 해 주기 위해 우선 단단의 죄를 눈감아 주었다. 단단은 잔치 자리에 나오기는 했지만 근심으로 여전히 눈썹을 찌푸렸고 눈물 자국도 아직 남아 있었다. 단단은 이 때문에 엎드려 감히 얼굴을 들지 못하고 있었는데, 이매는 단단이 자신과 헤어지는 것이 서글퍼서 그러는 것으로 잘못 알고 속으로 좋아하는 것이었다. 이매는 술이 취하자 단단의 눈물을 닦아 주고 등을 어루만지며 말했다.

"이별이란 천하 고금에 늘 있는 일이 아니더냐. 얘야, 자중자애하도록 하고, 이 늙은이는 마음에 두지 말거라."

이통판이 저도 모르게 웃음을 터뜨려 뿜어낸 밥알이 상에 가득했다. 해 질 무렵 이매가 출발하자 단단은 물러나 제집으로 돌아갔다.

채생 역시 뒤쫓아 와서 단단의 집 앞에 이르렀지만 배회하며 선뜻 들어가지 못하고 있는데, 홀연 방 안에서 단단의 커다란 한숨 소리가 들렸다.

"서방님은 지금 어디 계신지?"

단단은 그렇게 말하고 연거푸 세 번 한숨을 내쉬었다. 채생은 단단이 자신을 이토록 사랑하는지 미처 모르고 있던 터에 단단의 한숨 소리를 듣고는 큰 소리로 외쳤다.

"내가 왔다, 내가 왔어!"

단단은 신발을 거꾸로 신고 뛰쳐나와 맞이하더니 채생의 손을 부여잡고 통곡을 했다. 뒷방으로 맞아들이자 두 사람은 서로 진심을 토로했는데 그 간절하고 진정 어린 마음이 절실하고도 지극했다. 단단은 몽둥이를 휘두르며 등 뒤로 손을 묶던 일을 언급하기에 이르자 눈물을 뚝뚝 떨어뜨리며 이렇게 말했다.

"대장부가 귀하게 여기는 바가 뭐겠습니까. 관찰사가 되어 드높은 깃발을 올리고 앞뒤로 옹위를 받으며 행차하면 여러 고을 수령들이 우러러보며 바삐 달려와 엎드려 무릎을 꿇고 기어다니지요. 아리따운 기녀들은 한껏 치장을 하고 온갖 몸짓으로 앞다투어 총애를 받고자 할 것이요, 행여 총애를 입으면 일생 동안의 부귀영화를 비할 곳이 없어서 부모는 그 은혜를 입고 친척은 그 혜택을 입을 테니, 속담에 이른바 '아들 낳는 것보다 딸 낳는 걸 귀하게 여긴다'[54]는 경우입니다. 당신은 사내대장부이면서 저 하나를 감싸 주지 못해 이런 곤욕을 치르게 했으니, 저는 부모와 친척을 볼 면목이 없어요."

채생이 말했다.

"단단아! 내 계획을 좇지 않겠니? 내가 서울 남산 아래에 좋은

---

54. 아들 낳는~귀하게 여긴다   백거이의 「장한가」에 나오는 구절로, 본래 당나라 현종 연간에 민간에 떠돌던 말이었다.

집 한 채를 가지고 있단다. 그 집에 별당을 만들었는데 진귀한 화초와 기암괴석들이 뜰을 빙 둘렀지. 왼쪽에는 거문고를 두고 오른쪽에는 책이 있단다. 예쁜 여종들이 줄지어 서고, 훌륭한 손님들이 자리에 가득해서 하루에 1만 냥을 접대비로 쓰니, 여기에 빠진 것이라곤 석숭이 아끼던 녹주[55]와 백거이가 아끼던 번소[56] 뿐이야. 하물며 당세에 뜻을 얻은 대장부라면 하얗게 분칠하고 까맣게 눈썹을 칠한 수백 명의 첩이 집 안에 늘어서 한가로이 거처하며 총애를 다투고 서로 아름다움을 다투는 일쯤이야 구해서 얻지 못할 게 무엇이며 하고자 해서 이루지 못할 게 무엇이겠느냐? 내가 비록 벼슬하지 못한 몸이지만 나이가 젊고 학문에 밝으니 문과에 급제해서 당세에 뜻을 얻는 거야 바로 눈앞에 있는 일 아니겠느냐? 너는 앞으로 저 부귀를 다 누리지 못할까 근심해야지 부귀를 얻지 못할까 근심할 건 없어. 나와 평생 해로하지 않겠니?"

"죽음도 피하지 않을 터인데, 저를 살리겠다는 분을 따르지 않겠어요? 어찌 목숨을 걸고 따르지 않겠습니까?"

채생이 기뻐서 말했다.

"어젯밤 꿈에 물새가 내 품속으로 날아들었다가 결국 다른 사

---

55. **석숭이 아끼던 녹주** '석숭'石崇은 동진의 부호로, 자신의 별장인 금곡원金谷園에 사람들을 초대해 시와 술을 즐겼다. '녹주'綠珠는 기녀로서, 석숭의 애첩이었다.
56. **번소**樊素 기녀로서, 백거이의 애첩이었다.

람 손에 들어가고 말았는데, 자네가 내 짝이 될 징조였던가 봐."

마침내 채생은 단단과 말을 함께 탔다. 아이종 하나가 짐을 지고 이들을 따라 타박타박 천천히 걸어갔다.

달천[57]에 이르렀다. 강가에 남녀가 구름처럼 모여 있고 수레와 말이 빽빽이 늘어서 있었다. 음악을 연주하는 소리도 꽤나 요란하게 들려왔다. 충주에는 해마다 길일을 택하여 마을의 어른들이 자제들을 거느리고 달천 강가에 와서 목욕재계하는 풍속이 있었는데, 오늘이 바로 그날이었다. 이날 모임에는 충주의 상하 향관[58]들이 모두 모여 있었는데 술을 마셔 한창 취기가 올라 있었다.

채생과 단단은 모습을 감추고 몰래 길을 가던 중이었는데 뜻하지 않게 많은 사람들이 모여 있는 자리에 이르게 되었다. 돌아가고자 하나 이미 길을 들어섰기에 달아날 수 있는 형편이 아니었으므로 두 사람은 얼굴을 가리고 슬금슬금 곁눈질을 하며 지나갔다. 이때 못된 소년 하나가 큰 소리로 외쳤다.

"저기 함께 말을 타고 가는 건 관기官妓 월단단이다!"

여러 향관들이 말했다.

"단단은 관기 주제에 향관에게 인사를 하지 않았으니, 그 죄를 용서할 수 없다."

---

57. **달천達川** 충주에 있는 강.
58. **향관鄕官** 향청鄕廳의 좌수座首·별감別監 등을 말한다.

향관들은 건장한 사내종 수십 명을 시켜 단단을 잡아오게 했다. 건장한 종들이 단단과 채생을 낚아채자 두 사람은 동시에 말에서 떨어졌다. 향관들이 단단에게 가혹한 벌을 내렸지만 채생은 하릴없이 우두커니 서서 서글피 바라보고만 있을 따름이었다.

이윽고 향관들은 단단을 결박하여 달천 강물에 눕혀 놓더니 이번에는 채생을 잡아다가 욕을 보이자고 의논하는 것이었다. 채생은 어쩔 수 없이 말을 달려 쏜살같이 달천을 건너갔다. 단단은 외쳤다.

"서방님은 사내가 아니오? 여자 하나를 못 구한단 말이오!"

채생이 한 걸음마다 열 번씩 뒤돌아보며 달아나니 모여 있던 사람들이 모두 깔깔 웃어댔다. 채생은 몇 리를 내달린 뒤 고삐를 늦춰 잡고 천천히 가며 이렇게 생각했다.

'어젯밤 꿈에 물새가 내 품속으로 들어왔던 건 단단이 나를 따라올 징조였고, 물새가 결국 다른 사람 손에 들어가고 말았던 건 오늘 달천에서 재앙을 당할 징조였구나. 꿈이 헛되지 않다는 게 참말이로군!'

채생은 울적한 마음이 풀어지지 않아 마침내 시 한 편을 지었다.

한스러운 눈물은 금탄처럼 찰랑이고
근심스러운 마음은 월악산[59]처럼 높네.
그리운 마음에 우두커니 바라보고

밤마다 꿈꾸니 초췌하여라.

채생은 샛길로 접어들어 금탄의 여관에서 아내를 만났으나 한바탕 싸움이 또 일어나 온 집안이 다툼을 벌였다. 채생은 또다시 풀이 죽어「강물」이라는 노랫말을 지었다.

강물이여 그지없어라
도도하게 흘러와
유유히 흘러가네.
내 마음속 울적함 씻을 길 없어
홀로 서글피 흐르는 물을 바라보네.

채생은 강줄기를 따라 여강[60]에 이르렀다. 청심루[61]에 올라 채생은 탄식했다.
"아름답구나, 이 산하여! 단단과 함께 누리지 못하는 게 한스럽구나."
채생의 눈에 눈물이 가득 고였다. 채생은 또「미인을 그리워하다」라는 노랫말을 지었다.

---

59. **월악산**月岳山 충주 근교에 있는 산.
60. **여강**驪江 경기도 여주驪州에 있는 강.
61. **청심루**清心樓 여주의 신륵사 앞 강가에 있던 누정樓亭 이름.

그리워라 예성[62]의 미인이여
아득히 바라보니 내 마음 서글프네.
끝없는 그리움을 어이 할까?
구름 끝에서 나온 둥근 달[63]이여
달은 지지 않고 나는 잠을 못 이루네.
마음은 요동치고
눈물은 끝없이 흐르네.

채생은 서울로 돌아와서도 날마다 단단을 생각하다가 몸이 수척해지더니 결국 병이 들어 목숨이 위태로운 지경에 이르렀다.
안선생은 채생과 단단의 일을 이야기할 때마다 입가에 침을 흘리며 듣는 사람들로 하여금 지루한 줄 모르게 했다고 한다.

---

62. **예성藥城** 신선이 산다는 궁궐인 예궁藥宮을 뜻하기도 하고, 충주의 옛 지명이기도 하다.
63. **둥근 달** 월단단을 가리킨다.

이생규장전

김시습

송도松都(개성)에 이생李生이라는 사람이 낙타교[1] 옆에 살았다. 나이가 열여덟이었는데, 신선처럼 맑은 생김새에 빼어난 자질을 타고났다. 늘 국학[2]에 가면서 길에서도 책을 읽었다.

선죽리[3]에는 명문가의 처녀 최씨가 살았다. 나이는 열대여섯에, 자태가 아리땁고 자수를 잘했으며 시 짓는 데에도 뛰어났다.

사람들은 이생과 최씨를 두고 이런 노래를 부르곤 했다.

풍류남아 이씨 집 아들
요조숙녀 최씨 집 딸.
재주와 미모가 만일 먹는 것이라면
허기진 배를 채울 수 있겠네.

---

1. **낙타교**駱駝橋 개성에 있던 다리 이름. 탁타교橐駝橋라고도 했다.
2. **국학**國學 고려 시대의 성균관成均館. 개성의 탄현문炭峴門 안에 있었다.
3. **선죽리**善竹里 개성의 선죽교善竹橋 부근에 있던 마을.

이생은 날마다 겨드랑이에 책을 끼고 국학에 갔는데, 늘 최씨 집 앞을 지나갔다. 최씨 집의 북쪽 담장 밖에는 하늘거리는 수양 버들 수십 그루가 둥그렇게 둘러서 있었고, 이생은 종종 그 나무 아래에서 쉬어 가곤 하였다.

하루는 이생이 최씨 집 담장 안을 넘겨다봤다. 아름다운 꽃들이 활짝 피어 있고, 벌과 새들이 그 사이를 요란스레 날아다니고 있었다. 뜰 한쪽에는 꽃나무 수풀 사이로 작은 정자 하나가 보였다. 문에는 구슬발이 반쯤 걷혀 있고, 그 안에 비단 장막이 드리워 있었다. 그 안에 아름다운 여인 한 사람이 앉아서 수를 놓다가 지겨운 듯 바느질하던 손을 멈추고 턱을 괴더니 이런 시를 읊었다.

홀로 비단 창에 기대어 수놓기도 지루한데
온갖 꽃떨기마다 꾀꼬리 지저귀네.
괜스레 봄바람 원망하다가
말없이 바늘 멈추고 누군가를 그리워하네.

길 가는 멀쑥한 선비, 뉘 댁 분이신지
파란 옷깃 넓은 띠[4] 버들 사이로 어른거리네.

---
4. 파란 옷깃 넓은 띠 국학國學에 다니는 유생儒生의 옷차림.

내가 제비가 될 수 있다면
구슬발 헤치고 나가 담장을 넘으리.

　이생은 시 읊는 소리를 듣고 들뜬 마음을 억누를 수 없었다. 그러나 명문가 담장은 높디높고 여인의 규방은 깊디깊으니 그저 속만 끓이다 떠나는 수밖에.
　이생은 국학에서 돌아오는 길에 흰 종이 한 폭에 자신이 지은 시 세 편을 써서 기왓장에 묶어 담장 안으로 던졌다. 그 시는 다음과 같다.

무산 열두 봉우리 안개가 첩첩
뾰족한 봉우리 감싼 오색구름이여.
양왕襄王을 꿈에서 뇌쇄시켜서
구름이 되고 비가 되어 양대에 내려왔나.[5]

사마상여[6]가 탁문군 꾀던

---

5. **무산 열두~내려왔나** '무산'巫山은 중국 호북성湖北省 서부에 있는 산 이름이다. '양대'陽臺는 중국 중경시重慶市 무산현巫山縣 고도산高都山에 있던 누대 이름이다. 초나라 회왕懷王이 양대에서 낮잠을 자다가 꿈에 무산의 여신을 만났는데, 무산의 여신이 자신은 아침에는 구름이 되고 저녁에는 비가 된다고 말한 뒤 잠자리를 함께 했다는 전설이 있다. '양왕'은 춘추시대 초나라의 임금이다. 회왕이 무산의 여신과 사랑을 나누었다는 고당高唐에서 노닐며 회왕 시절의 일을 회고했다는 고사가 있다.

그 마음 이제 알 만하구려.
붉은 담장 가에 아름다운 복사꽃 오얏꽃은
바람 따라 어디서 분분히 지는지.

좋은 인연일까 나쁜 인연일까
공연한 시름으로 하루가 일 년.
스물여덟 글자[7] 시로 맺은 인연
남교[8]에서 선녀 만날 날 언제 오려나.

최씨가 시중드는 여종 향이더러 담장 안으로 떨어진 물건을 가져오게 했다. 종이를 펼쳐 보니 이생이 쓴 시가 적혀 있었다. 두 번 세 번 되풀이 읽노라니 마음이 절로 기뻤다. 최씨는 작은 종이에 몇 글자를 적어 담장 밖으로 던졌다. 그 종이에는 이런 글귀가 적혀 있었다.

의심 마시고 밤에 이리로 오셔요.

---

6. **사마상여**司馬相如 전한前漢의 문인文人. 젊었을 때 촉蜀의 임공臨邛 땅을 지나다가 금琴을 타서 과부 탁문군卓文君을 꾀어내어 부부가 되었다.
7. **스물여덟 글자** 칠언절구七言絶句 시를 말한다.
8. **남교**藍橋 중국 섬서성陝西省 남전현藍田縣 동남쪽의 남계藍溪에 있던 다리 이름. 배항裴航이라는 선비가 운교雲翹라는 부인을 만나 남교에 가면 좋은 배필을 만날 수 있다는 말을 들었는데, 배항이 그 말대로 남교에 가서 결국 운영雲英이라는 미인을 만날 수 있었다는 고사가 전한다.

이생은 최씨의 말대로 그날 밤에 담장 아래로 갔다. 문득 복사꽃 한 가지가 담장 밖으로 드리워 그 그림자가 흔들흔들거리는 듯한 모습이 보였다. 다가가서 보니 대나무로 엮은 바구니 같은 것이 그넷줄에 묶여 담장 아래로 내려와 있었다. 이생은 그넷줄을 잡고 올라가 담을 넘었다.

때마침 달이 동산 위에 떠올라 꽃 그림자가 땅에 가득했고 맑은 향기가 참 좋았다. 이생은 자신이 신선세계에 들어온 듯싶었다. 기뻐서 어쩔 줄 모르면서도 워낙 위험한 상황인지라 머리끝이 쭈뼛 솟아올랐다. 좌우를 두리번거리니 여인은 이미 꽃밭 안에 들어가 향이와 함께 꽃을 꺾어 머리에 꽂은 채 한쪽 구석에 자리를 펴고 앉아 있었다. 최씨는 이생을 보고 미소 지으며 시 두 구절을 먼저 지어 읊었다.

    오얏나무 복사나무 가지에는 탐스러운 꽃
    원앙새 새긴 베개 위엔 곱디고운 달.

이생이 그 뒤를 이어 나머지 구절을 지어 읊었다.

    훗날 우리의 사랑 누설되어서
    무정한 비바람[9] 맞으리니 가련도 하지.

이생의 읊조림을 듣자 문득 최씨의 얼굴이 굳었다. 최씨는 이렇게 말했다.

"저는 평생 당신을 모시며 영원히 함께 기쁨을 누리고자 하건만, 서방님께선 무슨 말씀을 그렇게 하셔요? 여자인 저도 마음을 태연히 먹고 있거늘, 대장부가 그런 말을 하다니요? 훗날 이곳에서의 일이 발각되어 부모님의 질책을 받게 된다 한들 제가 감당하겠어요. 향이는 방에 가서 술과 안주를 가져오렴."

향이가 명을 받아 나갔다. 사방이 쥐죽은 듯 고요해 아무런 소리도 들리지 않았다. 이생이 물었다.

"여기가 어딥니까?"

최씨가 말했다.

"저희 집 북쪽 정원 안에 있는 작은 정자 아래랍니다. 부모님께서 외동딸인 저를 매우 사랑하셔서 연꽃이 있는 못가에 정자를 하나 짓고 봄날 아름다운 꽃들이 활짝 피면 시중드는 아이와 함께 이곳에서 노닐게 하셨지요. 어머니는 깊은 안채에 계셔서 이곳에서 웃고 떠들더라도 들리지 않는답니다."

최씨가 좋은 술 한 잔을 이생에게 권하며 옛날풍의 시 한 편을 지어 읊었다.

---

9. **비바람** 부모의 반대나 노여움을 비유하는 말로 쓰였다.

둥근 난간 아래 연못이 있어

연못의 꽃 속에서 두 사람이 함께 말하네.

안개가 아른아른 봄기운 화사하니

「백저가」[10] 노랫말을 새로 지어 보네.

꽃그늘 비추던 달은 자리로 들고

둘이 함께 긴 가지 잡으니 꽃비가 내리네.

바람 따라 맑은 향기 옷자락에 스미니

가오[11]가 사뿐사뿐 춤을 추누나.

비단 적삼 가벼이 해당화를 스치니

꽃 속에 자던 앵무새[12] 깜짝 놀라 일어나네.

이생이 곧바로 이렇게 화답시를 지어 읊었다.

어쩌다 무릉도원 들어오니 흐드러진 꽃 풍경

이내 마음 형언할 길 없네.

쌍상투[13] 머리에 금비녀 꽂고

---

10. **「백저가」白紵歌** 오吳나라의 춤곡 이름.
11. **가오賈午** 진晉나라 무제武帝 때 높은 벼슬을 지낸 가충賈充의 딸. 가오는 부친이 무제로부터 하사받은 외국산의 고급 향香을 가져다 한수韓壽에게 주고는 그와 사통私通했는데, 훗날 한수의 옷에서 나는 향기 때문에 그 일이 발각되었다. 이에 가충은 딸을 한수에게 시집보냈다.
12. **앵무새** 이생을 비유하는 말로 쓰였다.
13. **쌍상투** 머리를 둘로 갈라 틀어 올린 상투.

단정한 봄옷 초록빛 모시로 지어 입었네.
봄바람에 꽃봉오리 열리나니
무성한 가지에 비바람 치지 마라.
소맷자락 하늘거리며
계수나무 꽃그늘에서 항아[14]가 춤을 추네.
기쁜 일 다하기 전에 근심이 오는 법
앵무새에게 새로운 노래 가르치지 마오.

읊기를 마치자 최씨가 이생에게 이렇게 말했다.
"우리의 오늘 만남은 작은 인연이 아닐 겁니다. 정을 남김없이 나누시려거든 제 뒤를 따라오세요."
최씨는 말을 마치자마자 북쪽 창으로 들어갔다. 이생이 그 뒤를 따랐다.
방 안에 정자로 가는 사다리가 놓여 있었다. 사다리를 타고 올라가자 과연 밖에서 보았던 그 정자였다. 붓이며 벼루며 책상이 모두 지극히 깨끗하고 고왔다. 한쪽 벽에는 〈연강첩장도〉[15]와 〈유황고목도〉[16]가 걸려 있었다. 모두 유명한 그림이었다. 그림 상단에 시가 한 편씩 적혀 있었는데, 누가 지은 것인지는 알 수 없었다.

---

14. 항아姮娥 달나라에 산다는 선녀.
15. 〈연강첩장도〉煙江疊嶂圖 안개 낀 강에 첩첩봉우리가 있는 모습을 그린 그림.
16. 〈유황고목도〉幽篁古木圖 우거진 대숲의 고목을 그린 그림.

어떤 사람 붓 힘이 이리 좋아서
강 가운데 이처럼 천 겹 산을 그렸나?
장대하구나 우뚝 솟은 방호산[17]이여
안개구름 사이로 아득히 보일 듯 말 듯.
먼 산줄기는 백 리에 걸쳐 아슴푸레하고
눈앞에는 푸르른 봉우리 우뚝 솟았네.
푸른 물결 아득히 먼 하늘에 떴는데
해질녘 멀리 바라보니 간절한 고향 생각.
이 모습 대하니 마음이 쓸쓸해져서
비바람 치는 상강湘江에 배를 띄운 듯하네.

우거진 대숲에 소슬바람 소리
우람한 저 고목은 정을 품은 듯.
뿌리는 제멋대로 얽혀 이끼 꼈지만
늙은 줄기 곧게 뻗어 바람 우레 떨쳐 내네.
가슴속에 깊은 조화 있건만
오묘한 비밀을 누구에게 말하리.
위언과 여가[18]도 귀신 되었으니

---

17. **방호산**方壺山 삼신산三神山의 하나인 방장산方丈山을 말한다.
18. **위언과 여가** '위언'韋偃은 당나라 때의 화가이다. '여가'與可는 송나라 때의 화가 문동文同의 자字이다.

천기[19]를 보여줄 이 몇이나 될지.
맑은 창에서 멍하니 바라보면서
그림에 빠져 삼매경에 드네.

한쪽 벽에는 사계절의 풍경을 읊은 시가 계절별로 네 편씩 붙어 있었다. 역시 누가 지었는지는 알 수 없었는데, 그 필체는 송설[20]의 해서楷書를 본받아서 지극히 정밀하고 숙련된 솜씨였다. 첫째 폭에는 봄을 노래한 다음의 시가 적혀 있었다.

부용 수놓은 장막 따스하고 향기도 은은한데
창밖에는 부슬부슬 봄비가 내리네.
정자 난간에 얼핏 잠들었다 새벽종 울려 깨니
산목련에서 때까치[21] 울고 있네.

제비 나는 긴 봄날 규방 깊은 곳
노곤하여 말없이 수놓기를 멈추네.
꽃밭에 쌍쌍이 나비 날아와
뜨락 그늘에 지는 꽃잎 따라 다니네.

---

19. **천기天機** 그림의 오묘한 자태를 이른다.
20. **송설松雪** 원나라 때의 유명한 서화가 조맹부趙孟頫의 호.
21. **때까치** 봄에 우는 새로, 봄이 가면 울음을 멈춘다.

서늘한 기운 초록빛 치마에 스미니
봄바람에 공연히 애간장이 끊어지네.
그리워하는 이 마음 그 누가 알까
백화만발한 곳에 원앙새가 춤을 추네.

어여쁜 아씨 집에 봄빛이 깊어
진홍빛 연둣빛이 비단 창에 어렸네.
뜰 가득 고운 풀에 마음 괴로워
살며시 구슬발 걷고 지는 꽃 보네.

둘째 폭에는 여름을 노래한 다음의 시가 적혀 있었다.

밀알 처음 맺힐 무렵 어미제비 날고
남쪽 동산엔 온통 석류꽃.
푸른 창가에는 사각사각 옷감 자르는 소리
자줏빛 노을 오려서 붉은 치마 만들까나.

매실 익을 제 가늘게 비가 뿌리니
홰나무 그늘에 꾀꼬리 울고 제비가 처마에 드네.
또 한 해 풍경이 늙어 가나니
멀구슬나무 꽃[22]은 지고 죽순 뾰족 돋아나네.

살구 따다 꾀꼬리에게 던지노라니

바람은 남쪽 마루 지나고 해 그림자 더디 가네.

연잎은 향기롭고 연못물은 그득한데

푸른 물결 깊은 곳에 가마우지[23] 몸을 씻네.

등나무 상床과 대자리엔 물결 무늬가 곱고

소상강瀟湘江 그린 병풍 그림에는 구름이 자욱.

게으름에 한낮의 꿈 깨지 못하는데

창 너머 기운 해는 어느덧 서산으로.

셋째 폭에는 가을을 노래한 다음의 시가 적혀 있었다.

가을바람 솔솔 부니 이슬이 맺고

가을 달 깨끗하니 물도 푸르네.

기러기는 끼륵끼륵 울며 돌아가는데

우물가 지는 오동잎 소리 가만히 듣네.

평상 아래에 온갖 벌레 찍찍찍 울고

---

22. **멀구슬나무 꽃** '멀구슬나무'는 낙엽교목의 이름으로, 4월이나 5월에 연보랏빛의 작은 꽃이 피며, 꽃에서 맑은 향기가 난다. 이 꽃이 지면 여름이 된다.
23. **가마우지** 생김새가 까마귀 비슷한, 물고기를 잡아먹고 사는 물새.

평상 위의 여인은 구슬 눈물 떨구네.
님은 만리타향 싸움터에 가셨거늘
오늘밤 옥문관[24]에도 밝은 달 떠 있으리.

새 옷 지으려니 가위가 차구나
하녀 불러 다리미를 가져오라 하네.
다리미불 꺼진 줄도 미처 모른 채
아쟁 켜다 머리를 긁적이누나.

작은 못에 연꽃 지고 파초芭蕉는 누런데
원앙 무늬 기와 위에 첫서리가 내렸네.
옛 시름 새로운 한恨 금할 길 없건만
동방洞房에 우는 귀또리 소리까지 듣네.

넷째 폭에는 겨울을 노래한 다음의 시가 적혀 있었다.

매화가지 그림자 창에 비꼈는데
서쪽 행랑에 바람 씽씽 불고 달빛이 환하네.
화롯불 남아 있어 금젓가락 헤집으며

---

24. **옥문관玉門關** 중국의 서쪽 변방에 있는 관문.

아이 불러 찻주전자 새로 올리라 하네.

한밤중에 서리 내려 나뭇잎 자주 놀라고
눈은 바람에 날려 긴 행랑에 들이치네.
밤새 님 그리는 꿈을 꾸었는데
전쟁터 차디찬 사막에 계셨네.

창 가득 붉은 햇살 봄기운 서린 듯한데
시름 가득 눈썹 가엔 졸음이 어렸네.
호리병의 작은 매화 반쯤 피려 해
수줍어 말없이 원앙을 수놓네.

휘익휘익 겨울바람 북쪽 숲에 몰아치는데
달 보고 우는 까마귀 모습 마음에 사무치네.
등불 앞에 앉아 님 그리는 눈물이
실에 떨어져 바느질 자꾸 중단되네.

한쪽 곁에 작은 방이 하나 따로 있었다. 방 안의 장막이며 이부자리가 또한 깨끗하고 화려했다. 장막 밖에서 사향麝香과 난초 기름을 태워 휘황한 빛이 들이치니 방 안이 대낮처럼 환했다. 이생은 그곳에서 최씨와 극도의 즐거움을 맛보며 며칠을 머물렀다.

하루는 이생이 최씨에게 말했다.

"공자孔子께서 '부모님이 계시거든 반드시 어디 가는지를 말씀 드리고 집을 나선다'[25]라고 말씀하셨는데, 지금 내가 부모님께 아침저녁 문안을 드리지 못한 지가 이미 사흘이 되었소. 부모님께서 걱정하며 기다리실 테니 자식 된 도리가 아니군요."

최씨는 서글픈 얼굴로 고개를 끄덕이며 담장 너머로 이생을 보내 주었다. 이생은 그날 이후로 매일 밤 최씨의 집을 찾았다.

어느 날 밤, 이생의 부친이 이생에게 물었다.

"네가 아침에 집을 나갔다가 저녁에 돌아오는 건 공자님의 어질고 의로운 말씀을 배우기 위해서일 게다. 그런데 저녁에 나가서 새벽에 돌아오는 건 무슨 일 때문이냐? 내 생각엔 필시 경박한 녀석들처럼 남의 집 처녀를 넘보기 위해서인 듯하다. 나중에 모든 일이 탄로나면 남들이 모두 내가 자식 교육을 엄하게 시키지 못했다고 욕할 게다. 게다가 만일 그 처녀가 훌륭한 가문의 여성이라면 미친 너 때문에 자기 가문이 더럽혀졌다고 여기지 않겠느냐. 남의 가문에 죄를 짓는 건 결코 작은 일이 아니다. 어서 영남 땅으로 가서 노비들을 거느리고 농장 일이나 감독하도록 해라. 절대 돌아올 생각 말고!"

이생의 부친은 이튿날 곧바로 이생을 울주蔚州(울산)로 쫓아 보

---

25. **부모님이 계시거든~집을 나선다** 『논어』論語 「이인」里仁에 나오는 말.

냈다.

최씨는 매일 밤 꽃밭에서 이생을 기다렸지만 두세 달이 지나도록 이생은 오지 않았다. 최씨는 이생이 병에 걸려 못 오나 보다 생각하고 향이로 하여금 이생의 이웃집에 가서 은밀히 이생의 근황을 물어보게 했다. 향이는 이생의 이웃 사람이 이렇게 말하더라고 했다.

"그 댁 아드님은 부친께 벌을 받아 영남으로 쫓겨간 지가 벌써 두어 달 되었다."

최씨는 그 말을 듣고 앓아누웠다. 몸을 뒤척이며 일어나지 못하고 물 한 모금 입에 대지 않더니 말도 제대로 잇지 못하고 형색도 초췌해졌다.

최씨의 부모가 이상하게 여겨 무슨 이유로 앓아누웠는지 물었으나 최씨는 입을 꼭 다문 채 묵묵부답이었다. 최씨의 부모가 최씨의 상자를 뒤지다가 이생이 예전에 최씨에게 지어 준 시를 발견했다. 그제야 무릎을 치며 놀라더니 이렇게 말했다.

"하마터면 우리 딸아이를 잃을 뻔했구나!"

최씨의 부모는 최씨에게 물었다.

"대체 이생이 누구니?"

사태가 이렇게 되자 최씨도 더 이상 숨기지 못하고 목구멍 안에서 기어들어가는 목소리로 겨우 사실을 고했다.

"아버지 어머니께서 길러 주신 은혜를 생각하니 숨길 수가 없군요. 가만히 생각건대 남녀가 서로 감응함은 사람에게 지극히 중요한 일입니다. 그래서 『시경』詩經에는 혼기를 앞둔 여인이 낭군 구하는 마음을 노래한 시[26]가 실려 있고, 『주역』周易에는 여자가 정조를 지키지 못하면 흉하다[27]는 가르침이 들어 있지요. 제가 연약한 여자로서 용모가 시든 뒤 낭군에게 버림받는다는 시[28]나 절개 잃은 여인을 비웃는 시[29]를 모르지 않건만 어쩌다가 그만 사람들의 비웃음을 받게 되었습니다. 스스로 낭군을 찾고자 위당의 처녀[30]처럼 좋지 못한 행실을 하고 말았으니, 죄가 이미 차고 넘치며 가문에까지 치욕이 이르게 되었어요.

하온데 그 남자는 제 마음을 훔치고서 일생의 원한[31]을 남겨 두고 떠났습니다. 외롭고 약한 제가 홀로 근심을 견뎌 보려 해도 사랑하는 마음은 날로 깊어가고 병은 날로 악화되어 이제 거의 죽어서 귀신이 될 지경에 이르렀어요. 아버지 어머니께서 제 소원을 들어 주신다면 남은 목숨을 보전할 수 있을 거예요. 하지만 제

※※※※

26. **혼기를 앞둔~노래한 시** 『시경』 소남召南 「표유매」摽有梅를 말한다.
27. **여자가 정조를 지키지 못하면 흉하다** 『주역』 함괘咸卦에 나오는 말.
28. **용모가 시든~버림받는다는 시** 『시경』 위풍衛風 「맹」氓을 말한다.
29. **절개 잃은 여인을 비웃는 시** 『시경』 소남召南 「행로」行露를 말한다.
30. **위당의 처녀** 『전등신화』剪燈新話에 수록된 「위당기우기」渭塘奇遇記의 여주인공을 말한다. 원나라 때 금릉金陵 사람 왕생王生이 위당渭塘에 갔다가 그곳의 처녀와 눈이 맞아 부부가 되었다는 내용이다.
31. **원한** 원문은 '교원' 喬怨으로, 곧 '교생喬生에 대한 원망' 이란 뜻이다. '교생' 喬生은 『전등신화』에 수록된 「모란등기」牡丹燈記의 주인공이다. 교생은 여경麗卿이라는 미녀를 만나 인연을 맺었으나, 여경이 귀신이라는 사실을 알게 되자 그만 관계를 끊었고, 여경은 이를 원망하여 교생을 끌고 함께 관 속으로 들어갔다.

마음을 허락해 주지 않으신다면 죽음이 있을 뿐, 저승에서 그이와 다시 만날지언정 다른 사람에게 시집가지는 않으렵니다."

이에 최씨의 부모가 딸의 뜻을 알아차리고는 병에 대해 더 이상 묻지 않았다. 최씨의 부모는 타이르기도 하고 달래기도 하면서 딸의 마음을 누그러뜨리는 한편 예물을 갖추어 이생의 집에 매파를 보내 혼인 의사를 물었다. 이생의 부친은 최씨 집이 대단한 가문이라는 것을 알고 이렇게 대답했다.

"우리 아이가 비록 나이가 어려 행동이 거칠긴 하나 학문에 정통하고 풍채도 남 못지않아, 나로서는 이 아이가 머잖아 장원급제하여 크게 이름을 날리리라 기대하고 있습니다. 빨리 혼인시킬 생각은 없습니다."

매파가 돌아가 그 말을 전하자, 최씨의 부친이 매파를 다시 보내며 이런 말을 전하게 했다.

"친구들도 모두 댁의 아드님에 대해 재주가 대단하다고들 칭찬하더군요. 지금 비록 몸을 웅크리고 있다고 하나 초야에 묻혀 지낼 사람이 아니라는 걸 저도 알고 있습니다. 하루빨리 좋은 날을 택하여 자식들의 혼인을 이루어 주었으면 합니다."

매파가 다시 이생의 부친에게 그 말을 전했다. 이생의 부친은 이렇게 말했다.

"저도 어려서부터 책을 들고 경전 공부를 했지만 늙도록 이룬 것이 없습니다. 노비들은 모두 달아나고 도와줄 만한 친척도 거의 없어 사는 게 허술하고 집안 살림도 고단합니다. 이런 형편인데 명문가에서 일개 가난한 유생儒生을 사위로 맞이하려 하시다니요. 제 생각에는 필시 호사가들이 우리 아이를 턱없이 칭찬하여 댁에까지 잘못된 소문이 들어간 것일 겝니다."

매파가 다시 최씨 집에 그 말을 전하자 최씨 집에서는 또 이런 말을 전하게 했다.

"혼례에 드는 모든 일이며 비용은 저희가 다 준비하도록 하겠습니다. 좋은 날을 가려서 화촉을 밝히도록 하십시다."

매파가 다시 이생의 부친에게 가서 말을 전하자, 이생의 부친도 이쯤 이르러서는 뜻을 돌리지 않을 수 없었다. 급히 사람을 보내 아들을 집으로 오게 하여 의향을 물었다. 이생은 기쁨을 억누르지 못해 다음과 같은 시를 지었다.

　　헤어지면 반드시 만나게 되나니
　　오작교 놓여 우리 만남 이루었구나.
　　월하노인[32]이 인연을 맺어 줬으니
　　봄바람에 두견새 원망할 일 없겠네.

최씨도 혼약 맺었다는 소식을 듣고 병이 차츰 나아갔다. 최씨

---

32. **월하노인**月下老人　붉은 실을 가지고 다니며 사람들에게 부부의 인연을 맺어 준다는 신神.

는 이런 시를 지었다.

나쁜 인연이 좋은 인연 되어
우리의 언약 이루어졌네.
함께 사슴 수레[33] 탈 날 그 언제일까
부축받고 일어나 꽃비녀를 꽂아 보네.

드디어 좋은 날을 택하여 두 사람은 혼례를 치르고 부부가 되었다. 함께 산 뒤로 부부는 서로 사랑하고 공경하며 서로를 손님 대하듯이 온 정성을 다했다. 양홍과 맹광 부부, 포선과 환소군 부부[34]라도 이생과 최씨의 절개와 의리에는 미치지 못할 정도였다.

이생은 이듬해 과거 시험에 높은 순위로 합격하여 좋은 벼슬자리를 얻었고, 그 명성이 조정에 널리 퍼졌다.

신축년[35]에 홍건적이 서울을 침략하여 임금이 복주福州(안동)로 피난하였다. 홍건적은 가옥을 불태우고 사람과 가축을 닥치는 대

---

33. **사슴 수레** 사슴 한 마리를 태울 만한 크기의 작은 수레. 부부 사이의 좋은 금슬을 뜻하는 말인데, 여기서는 혼인을 가리키는 말로 썼다. 한나라 포선鮑宣의 아내 환소군桓少君이 혼인식을 올린 뒤 친정에서 마련한 혼수를 모두 거절하고는 거친 배옷을 입고 남편과 함께 녹거鹿車(사슴 수레)를 끌며 시댁으로 갔다는 고사가 있다.
34. **양홍과 맹광 부부, 포선과 환소군 부부** 양홍梁鴻은 후한後漢 때의 가난한 선비이고 포선鮑宣은 전한前漢 때의 가난한 선비인데, 그들의 아내인 맹광孟光과 환소군桓少君은 부잣집 딸이었으나 검소한 생활로 남편을 잘 받들었다는 고사가 있다.
35. **신축년** 고려 공민왕恭愍王 10년인 1361년. 이 해에 홍건적紅巾賊 10만 명이 압록강을 건너 우리나라를 침략하였다.

로 죽였다. 이생 부부와 친척들 또한 위험을 피할 길이 없어 동서로 달아나 목숨을 부지하고자 했다.

이생은 가족을 이끌고 깊은 산에 들어가 숨으려 했다. 이때 홍건적 하나가 나타나 칼을 뽑아들고 쫓아왔다. 이생은 있는 힘껏 달려 겨우 벗어날 수 있었다. 그러나 최씨는 결국 홍건적에게 사로잡히고 말았다. 홍건적이 최씨를 겁탈하려 하자 최씨는 큰소리로 꾸짖었다.

"짐승만도 못한 놈! 나를 죽여라! 죽어서 승냥이의 밥이 될지언정 내 어찌 개돼지의 아내가 될 수 있겠느냐?"

홍건적은 노하여 최씨를 죽이고 난도질하였다.

이생은 황야에 몸을 숨겨 겨우 목숨을 건질 수 있었다. 홍건적이 물러갔다는 소식을 듣고 집으로 돌아와 보니 이미 모두 불타 잿더미가 되어 있었다.

이생은 발길을 돌려 최씨의 집으로 갔다. 황량한 집에 쥐가 찍찍거리고 새들이 지저귀는 소리만이 들려왔다. 슬픔을 가눌 수 없어 작은 정자에 올라가 눈물을 훔치며 길게 한숨을 쉬었다.

날이 저물도록 이생은 덩그러니 홀로 앉아 있었다. 멍하니 예전에 최씨와 함께 즐겁게 보낸 시간들을 회상하노라니 한바탕 꿈을 꾼 듯싶었다.

어느덧 밤 10시 무렵이 되었다. 달빛이 희미하게 들보를 비추었다. 문득 행랑 아래쪽에서 어떤 소리가 들려왔다. 멀리서부터 발자국 소리가 점점 다가오는 것이었다. 최씨였다. 이생은 최씨가 이미 죽은 줄 알면서도 사랑하는 마음이 간절했던 까닭에 의심하지 않고 곧바로 이렇게 물었다.

"어디로 피해서 목숨을 건졌소?"

최씨는 이생의 손을 잡고 목 놓아 통곡하더니, 이윽고 마음을 토로하였다.

"저는 본래 사대부 가문에 태어나 어려서부터 부모님의 가르침을 따라 수놓고 옷 짓는 일을 열심히 익혔고, 시 짓기며 글씨 쓰기며 인의仁義의 도리도 배웠어요. 하지만 오직 규방閨房 여성의 일이나 알 뿐 바깥세상의 일이야 아는 것이 없었지요.

그러던 터에 어쩌다 붉은 살구가 있는 담장을 넘겨다보고는 그만 제가 먼저 마음을 바치고 말았고, 꽃 앞에서 한번 웃음 짓고는 평생의 인연을 맺게 되어 장막 안에서 거듭 만나며 백년의 정을 쌓았습니다. 처음 만나던 시절을 얘기하다 보니 슬픔을 견딜 수 없군요.

백년해로할 것을 약속하고 함께 살았건만, 도중에 일이 어그러져 구덩이에 뒹굴게 될 줄 어찌 생각이나 했겠어요. 끝내 승냥이의 손에 몸을 망치지 않고 저 스스로 모래 구덩이에서 살을 찢기는 길을 택했지요. 이는 하늘의 이치로 보자면 당연한 것이지만, 인간의 정으로는 견디기 어려운 일입니다. 깊은 산에서 우리 부부가 헤어진 뒤 결국 서로 다른 곳으로 날아가는 두 마리 새와 같이 영영 떨어지게 되었으니, 한스럽고 한스러울 뿐이어요.

집은 사라지고 가족들은 모두 세상을 떠 이제 고단한 영혼이 의지할 곳 없으니 서글프기 그지없지만, 소중한 의리를 지키기 위해 가벼운 목숨을 버리고 치욕을 면할 수 있었으니 다행이지요. 마디마디 재가 되어 버린 제 마음을 누가 가여워해 줄까요? 갈기갈기 찢어진 제 창자에 원한만이 가득합니다. 제 해골은 들판에 널브러졌고, 간담은 땅에 뒹굴고 있어요.

가만히 생각해 보니 지난날의 기쁨과 즐거움이 오늘의 슬픔과 원한이 되고 말았네요. 하지만 지금 깊은 산골에 추연[36]의 피리 소리 들려오고, 천녀[37]의 혼령은 자기 몸을 찾아 돌아왔으니, 봉래도에서 기약한 만남이 이루어지고, 취굴[38]에 삼생[39]의 향기가 가득합니다. 이제 다시 만났으니 지난날의 맹세를 저버리지 않으시기 바랍니다. 저를 잊지 않으셨다면 다시 행복하게 살아요. 허락해 주시겠어요?"

---

36. **추연鄒衍** 전국시대 제齊나라 사람으로, 추운 지방에서 피리를 불어 날씨를 따뜻하게 했다는 고사가 있다.
37. **천녀倩女** 당나라의 장일張鎰이란 사람의 막내딸로, 다음의 고사가 전한다. 어릴 때 천녀의 아버지가 천녀를 왕주王宙와 혼인시키기로 약속했으나 훗날 다른 사람에게 시집보내려 하였다. 이에 천녀는 그만 병이 들어 의식불명 상태에 빠지게 되었는데, 몸에서 분리된 천녀의 혼령은 따로 천녀의 형상이 되어 왕주를 따라 촉蜀 땅으로 도망갔다. 그 뒤 5년 만에 천녀의 혼령이 집으로 돌아와 본래의 몸과 합하더니 본래의 천녀로 돌아오게 되었다. 이 고사를 소재로 한 「천녀유혼」이라는 영화도 있다.
38. **취굴聚窟** 신선이 산다는 섬 이름.
39. **삼생三生** 전생前生·현생現生·내생來生.

이생은 기쁘고 마음이 뭉클해져 "그건 진정 내가 바라던 바라오!"라고 말했다.

두 사람은 정답게 이런저런 말을 하다가 집안 재산이 홍건적에게 탈취되었는지에 대해 이야기하게 되었다. 최씨가 이렇게 말했다.

"재산은 조금도 잃지 않았어요. 아무 산 아무 골짜기에 묻어 두었답니다."

이생이 또 물었다.

"양가 부모님의 유해는 어디에 있소?"

"아무 곳에 버려져 있어요."

두 사람은 서로 속마음을 다 토로하고 함께 잠자리에 들었다. 그 지극한 즐거움은 예전과 똑같았다.

이튿날 부부가 함께 재산을 묻어 두었다는 곳을 찾아갔다. 땅을 파 보니 과연 금은 몇 덩이와 그 밖의 재물이 있었다. 또 양가 부모의 시신을 수습할 수 있었다. 되찾은 금과 재물을 팔아 마련한 돈으로 양가 부모의 시신을 오관산[40] 기슭에 각각 합장하였다. 봉분封墳을 만들고 둘레에 나무를 심은 뒤 제사를 올렸는데, 모든 일을 예법에 맞게 하였다.

그 뒤 이생은 벼슬에 나아가지 않고 최씨와 함께 집에서 지냈

---

40. 오관산五冠山 개성 송악산松岳山 동쪽에 있는 산 이름.

다. 하인 중에 목숨을 건진 이들도 하나둘 집으로 돌아왔다. 이생은 이제 세상사에 관심을 두지 않아 친척이나 어르신들의 경조사에도 가 보지 않고 집 안에 틀어박혀 있었다. 언제나 최씨와 함께 술잔을 기울이며 시를 주고받을 뿐이었다. 이렇게 부부가 금실 좋게 지내는 동안 어언 몇 년의 세월이 흘렀다.

그러던 어느 날 밤에 최씨가 이생에게 말했다.

"세 번 아름다운 인연을 맺었건만 세상일이 마음처럼 되지 않는군요. 함께 누린 즐거움이 아직 다하지 않았는데, 슬프게도 이제 떠나야 할 시간이 되었어요."

그렇게 말하고는 오열하였다. 이생이 놀라서 물었다.

"무슨 말이오?"

"하늘이 정한 운명은 피할 길이 없습니다. 옥황상제께서 저를 다시 내려 보내신 것은 서방님과 저의 연분이 아직 끊어지지 않았고 제가 죄 없이 죽었기 때문이에요. 그래서 제게 인간의 형체를 빌려주시며 잠시 이별의 아픔을 누그러뜨리게 하신 거지요. 오래도록 인간세상에 머물러서 산 사람을 미혹시켜서는 안 된답니다."

최씨는 여종을 불러 술상을 가져오게 한 뒤 「옥루춘」[41] 곡조에 노랫말을 새로 지어 이생을 위해 불렀다. 그 노래는 다음과 같았다.

---

41. 「옥루춘」玉樓春 사詞의 레퍼토리의 하나

눈앞 가득 창칼이 난무하더니
옥구슬 바스라지고 원앙새 짝 잃었네.
뒹구는 내 몸 그 누가 묻어 줄까?
피맺혀 떠도는 혼 함께할 사람 없네.

고당42에 내려왔던 무산巫山의 여신
거울 깨져 다시 이별하니 그 마음 참혹하네.
지금 헤어지면 만날 기약 아득해라
이승과 저승 사이 소식 전할 길이 없네.

한 마디씩 노래를 할 적마다 두 줄기 눈물이 입으로 흘러 들어가 노래를 이어 가기도 힘겨웠다. 이생도 역시 슬픔을 이기지 못하고 이렇게 말했다.

"나도 당신과 함께 구천九泉으로 가겠소. 당신 없이 나 혼자 살아 무엇 하겠소. 난리를 당한 뒤 친척과 하인이 모두 뿔뿔이 흩어지고 부모님의 유해가 들판에 버려져 있을 때 당신이 없었다면 누가 수습해서 장례를 치를 수 있었겠소? 옛사람이 말하기를, '살아 계실 적에 예의를 다하여 섬기고, 돌아가신 뒤에 예의를 다

---

42. **고당高唐** 초나라의 운몽택雲夢澤이라는 연못에 있던 누대 이름. 초나라 회왕懷王이 여기서 꿈에 무산巫山의 여신과 만나 사랑을 나누었다는 고사가 있다.

하여 장례 지낸다'[43]라고 했지요. 이 말을 당신은 실천했으니, 당신의 순수하고 효성스러운 천성과 도타운 인정 때문일 게요. 당신에 대해 감격하는 마음은 무궁하고, 나 스스로에 대한 부끄러움은 이루 다 말할 수 없구려. 인간세상에 더 머물렀다가 백년 뒤에 함께 흙이 될 수는 없겠소?"

최씨가 말했다.

"당신의 수명은 아직 수십 년이 더 남아 있어요. 저는 이미 귀신의 명부名簿에 이름이 올라 있어 더 이상 머물 수가 없답니다. 만일 제가 인간세계를 그리는 마음에 저승의 법을 어기는 날에는 제가 벌 받는 것은 물론이고 당신께도 화가 미치게 돼요. 다만 한 가지 부탁드릴 것이 있어요. 제 시신이 아무 곳에 흩어져 있는데, 은혜를 베풀어 바람과 햇빛에 나뒹굴지 않도록 해 주었으면 해요."

두 사람은 마주 보고 뚝뚝 눈물을 흘렸다.

"몸조심하셔요, 부디 몸조심하셔요!"

최씨는 그 말과 함께 차츰 사라지더니 이내 자취를 감추었다.

이생은 최씨의 시신을 수습하여 부모의 묘 곁에 묻어 주었다.

장례를 지낸 뒤, 이생은 아내를 그리워하다 병이 들어 두어 달 만에 죽고 말았다. 그 소식을 들은 사람들이 모두 안타까움에 한숨지으며 이생과 최씨 부부의 절개와 의리를 높이 기렸다.

---

43. **살아 계실 적에~다하여 장례 지낸다** 『논어』「위정」爲政에 나오는 공자孔子의 말.

만복사저포기

김시습

남원에 양생[1]이란 사람이 있었다. 어린 나이에 부모를 여의고 아직 미혼인 채 만복사[2] 동쪽에서 혼자 살았다. 방 밖에는 배나무 한 그루가 있었는데, 바야흐로 봄을 맞아 배꽃이 흐드러지게 핀 것이 아름다운 나무에 은이 매달린 듯하였다. 양생은 달이 뜬 밤이면 배나무 아래를 서성이며 낭랑한 목소리로 이런 시를 읊조렸다.

　　쓸쓸히 한 그루 나무의 배꽃을 짝해
　　달 밝은 이 밤 그냥 보내다니 가련도 하지.
　　청춘에 홀로 외로이 창가에 누웠는데
　　어디서 들려오나 고운 님 피리 소리.

1. **양생梁生**　'양씨 성의 선비'라는 뜻.
2. **만복사萬福寺**　고려 문종文宗 때 창건된 절로, 전라도 남원 기린산麒麟山에 있었다. 정유재란丁酉再亂 때 불에 타 사라졌다.

외로운 비취새 짝 없이 날고

짝 잃은 원앙새 맑은 강에 몸을 씻네.

내 인연 어딨을까 바둑알로 맞춰 보고³

등불로 점을 치다⁴ 시름겨워 창에 기대네.

시를 다 읊고 나자 문득 공중에서 이런 말소리가 들렸다.

"네가 좋은 배필을 얻고 싶은 모양이구나. 그렇다면 근심할 것 없느니라."

양생은 이 말을 듣고 내심 기뻐하였다.

이튿날은 3월 24일이었다. 이날 만복사에서 연등회燃燈會를 열어 복을 비는 것이 이 고을의 풍속이었다. 남녀가 운집하여 저마다 소원을 빌더니, 날이 저물자 염불 소리가 그치며 사람들이 모두 돌아갔다. 그러자 양생은 소매에서 저포⁵를 꺼내 불상 앞에 던지며 이렇게 말했다.

"제가 오늘 부처님과 저포 놀이로 내기를 해 보렵니다. 제가 진다면 법회法會를 베풀어 부처님께 공양을 올리겠지만, 만약에 부처님이 진다면 미녀를 점지해 주시어 제 소원을 이루도록 해 주셔야 하옵니다."

---

3. **내 인연~맞춰 보고** 옛날에 바둑알로 점을 치는 법이 있었다.
4. **등불로 점을 치다** 옛날 사람들은 등불의 모양을 가지고 길흉을 점쳤다.
5. **저포樗蒲** 윷놀이와 비슷한 놀이의 하나. 나무로 만든 주사위를 던져 승부를 다툰다.

이렇게 기도를 하고는 저포 놀이를 시작하였다. 결과는 양생의 승리였다. 그러자 양생은 불상 앞에 꿇어앉아 이렇게 말했다.

"승부가 이미 결정되었으니, 절대로 약속을 어기시면 안 되옵니다."

그러고는 불상 앞에 놓인 탁자 밑에 숨어 부처님이 어떻게 약속을 지켜 줄지 기다려 보았다.

이윽고 아리따운 여인 한 사람이 들어왔다. 나이는 열다섯이나 열여섯쯤 되어 보였다. 머리를 곱게 땋아 내렸고 화장을 엷게 했는데, 용모와 자태가 곱디고운 것이 마치 하늘의 선녀나 바다의 여신과도 같아, 바라보고 있자니 위엄이 느껴졌다. 여인은 기름이 든 병을 들고 들어와 등잔에 기름을 부어 넣고 향로에 향을 꽂은 뒤 부처님 앞에 세 번 절하고 꿇어앉더니 한숨을 쉬며 이렇게 말했다.

"운명이 어쩜 이리도 기박할까!"

여인은 품속에서 뭔가 글이 적힌 종이를 꺼내어 탁자 앞에 바쳤다. 그 내용은 다음과 같았다.

아무 고을 아무 땅에 사는 아무개가 아뢰옵니다.
지난날 변방을 잘 지키지 못해 왜구가 침략하였습니다. 창과 칼이 난무하고 위급을 알리는 봉화가 몇 해나 이어지더니 가옥이 불타고 인민들이 노략질당하였습니다. 이리저리로 달아나 숨는 사이 친척이며 하인들은 모두 흩어져 버렸습니다. 저는 연약한 여자인지라 멀리 달아나지 못하고 스스로 규방 속에 들어가 끝내 정절을 지켜서 무도한 재앙을 피하였습니다.

부모님은 여자가 절개를 지킨 일을 옳게 여기셔서 외진 땅 외진 곳의 풀밭에 임시 거처를 마련해 주셨으니, 제가 그곳에 머문 지도 이미 3년이 되었습니다. 저는 가을 하늘에 뜬 달을 보고 봄에 핀 꽃을 보며 헛되이 세월 보냄을 가슴 아파하고, 떠가는 구름처럼 흐르는 시냇물처럼 무료한 하루하루를 보낼 따름입니다. 텅 빈 골짜기 깊숙한 곳에서 기구한 제 운명에 한숨짓고, 좋은 밤을 홀로 지새우며 오색찬란한 난새가 혼자서 추는 춤에 마음 아파합니다. 날이 가고 달이 갈수록 제 넋은 녹아 없어지고, 여름밤 겨울밤마다 애간장이 찢어집니다.

바라옵나니 부처님이시여, 제 처지를 가엾게 여겨 주소서. 제 앞날이 이미 정해져 있다면 어쩔 수 없겠으나, 기구한 운명일망정 인연이 있다면 하루빨리 기쁨을 얻게 하시어 제 간절한 기도를 저버리지 말아 주소서.

여인은 소원이 담긴 종이를 던지고 목메어 슬피 울었다. 양생이 좁은 틈 사이로 여인의 자태를 보고는 정을 억누르지 못하고 뛰쳐나가 말했다.

"좀 전에 부처님께 글을 바친 건 무슨 일 때문입니까?"

양생은 종이에 쓴 글을 읽어 보더니 기쁨이 얼굴에 가득한 채 이렇게 말했다.

"그대는 어떤 사람이기에 혼자서 이곳에 오셨소?"

여인이 대답했다.

"저 또한 사람입니다. 왜 의아해 하시는지요? 그대가 좋은 배필을 얻을 수 있다면 그뿐, 제 이름을 물으실 것까지야 있나요. 이처럼 성급하시다니요."

당시 만복사는 쇠락한 상태여서 이곳의 승려들은 한쪽 모퉁이 방에 거주하고 있었다. 대웅전 앞에는 행랑만이 쓸쓸히 남아 있었고, 행랑 맨 끝에 나무판자를 붙여 만든 좁은 방이 하나 있었다. 양생이 여인을 부추겨 함께 그 방으로 들어가자고 하자 여인도 그다지 어려운 기색이 아니었다. 서로 정사를 나눴는데, 별 이상한 점이 없었다.

한밤중이 되자 동산에 달이 떠오르며 창으로 그림자가 비치는데 홀연 발소리가 들렸다. 여인이 말했다.

"누구니? 네가 왔니?"

시중드는 여종이 말했다.

"네, 아씨. 지금껏 아씨께서 중문中門 밖을 나선 적이 없으셨고 거닐어 봤자 고작 몇 걸음이셨는데, 어젯밤 문득 나가시더니 어쩌다가 여기까지 오시게 됐나요?"

"오늘 일은 우연이 아니란다. 하늘이 돕고 부처님이 도우셔서 이처럼 좋은 님을 만나 백년해로를 하게 되었구나. 부모님께 말씀드리지 않고 혼인하는 건 비록 예에 어긋나는 일이지만, 훌륭한 분과 잔치를 벌여 노니는 것 또한 평생 만나기 어려운 기이한 일이 아니겠니. 집에 가서 자리를 가져오고 술상을 봐 오너라."

여종은 여인의 명에 따라 갔다 와서는 뜰에 자리를 깔았다. 새벽 2시 가까운 시각이었다. 펴 놓은 술상은 수수하니 아무런 무늬 장식도 없었으나, 술에서 나는 향기는 진정 인간세계의 것이 아닌 듯싶었다. 양생은 의심스러운 마음이 없지 않았지만 담소하는 맑고 고운 모습이며 여유로운 태도를 보고, '필시 귀한 댁 처자가 몰래 담장을 넘어 나온 것이리라' 생각하며 더 이상 의심하지 않게 되었다.

여인이 양생에게 술잔을 건네더니 여종더러 노래를 한 곡 불러 보라 하고는 양생에게 말했다.

"이 아이가 옛날 곡조를 잘 부른답니다. 제가 노랫말을 하나 지어 부르게 해도 괜찮을까요?"

양생이 흔쾌히 허락하자 여인은 「만강홍」[6] 한 곡을 지어 여종에게 노래하게 했다. 그 노래는 다음과 같다.

---

6. 「만강홍」滿江紅 송나라 이래로 유행했던 '사' 詞의 레퍼토리의 하나.

서러워라 쌀쌀한 봄날

얇은 비단옷 입고 몇 번이나 애간장 끊어졌나.

향로香爐는 차갑고 저문 산은 검푸른 빛

해질녘 구름은 우산을 펼친 듯.

비단 장막과 원앙 이불 함께할 사람 없어

비녀를 반쯤 젖힌 채 피리를 부네.

애달파라 쏜살같은 세월이여

내 맘속엔 원망만 가득.

불 꺼진 등잔

야트막한 은銀 병풍.

공연히 눈물 훔치나니

사랑할 사람 누구런가.

기뻐라 오늘밤 봄기운 돌아

따뜻함이 찾아왔으니.

내 무덤에 맺힌 천고의 원한 풀어 주오

「금루곡」 부르며 은銀 술잔 기울이네.

지난날 아쉬워 한을 품은 여인이

외로운 집에 잠들었다네.

---

7. 「금루곡」金縷曲 사詞의 레퍼토리의 하나.

노래가 끝나자 여인이 슬픈 얼굴로 말했다.

"옛날 봉래도[8]에서 이루지 못한 만남을 오늘 소상강[9]에서 이루게 되었으니, 천행天幸이 아니겠습니까? 서방님께서 저를 버리지 않으신다면 죽도록 곁에서 모시겠어요. 하지만 제 소원을 들어주지 못하시겠다면 영영 만나지 못할 거예요."

양생은 이 말을 듣고 감동하는 한편 놀라워하며 말했다.

"내 어찌 당신 말을 따르지 않겠소?"

그러나 여인의 태도가 범상치 않아 보이는 까닭에 양생은 여인의 행동을 자세히 살폈다.

이때 달이 서산에 걸리며 인적 드문 마을에 닭 울음소리가 들렸다. 절에서 종소리가 울리기 시작하며 새벽빛이 밝아 왔다. 여인이 말했다.

"얘야, 자리를 거둬 돌아가려무나."

여종은 "네" 하고 대답하자마자 자취 없이 사라졌다. 여인이 말했다.

"인연이 이미 정해졌으니 제 손을 잡고 함께 가셔요."

양생이 여인의 손을 잡고 마을을 지나갔다. 울타리에서 개들이

---

8. **봉래도蓬萊島** 신선이 산다는 전설상의 산 봉래산蓬萊山을 말한다.
9. **소상강瀟湘江** 소수瀟水와 상수湘水를 함께 이르는 말로, 모두 중국 호남성에 있는 강 이름. 여기서는 육조시대 양梁나라 유운柳惲의 시 「강남곡」江南曲 중 "동정호에서 귀향하던 나그네/소상강에서 벗을 만났네"라는 구절에서 착안하여 '님과의 만남'을 의미하는 말로 썼다.

짖어 댔고 길에는 사람들이 다니고 있었다. 그런데 지나가던 이들은 양생이 여인과 함께 가는 것을 알지 못한 채 다만 이렇게 묻는 것이었다.

"이렇게 일찍 어딜 가시나?"

양생이 대답했다.

"술에 취해 만복사에 누워 있다가 친구 집에 가는 길입니다."

아침이 되었다. 여인이 이끄는 대로 풀숲까지 따라와 보니, 이슬이 흥건한 것이 사람들 다니는 길이 아니었다. 양생이 물었다.

"어찌 이런 곳에 사시오?"

여인이 대답했다.

"혼자 사는 여자가 사는 곳이 본래 이렇지요 뭐."

여인은 이렇게 우스갯소리를 건넸다.

이슬 젖은 길
아침저녁으로 다니고 싶건만
옷자락 적실까 나설 수 없네.[10]

양생 역시 장난으로 이런 시를 지었다.

---

10. 이슬 젖은~나설 수 없네 『시경』詩經 국풍國風 소남召南 「행로」行露를 인용한 것이다. 여성이 연모의 마음을 품고 있되 함부로 행동하지 않는다는 내용의 노래이다.

여우가 짝을 찾아 어슬렁거리니
저 기수淇水의 돌다리에 짝이 있도다.¹¹
노魯나라 길 확 트여
문강文姜이 쏜살같이 달려가네.¹²

시를 읊조리고 나서 껄껄 웃었다.

두 사람은 마침내 개녕동¹³에 도착했다. 쑥이 들판을 뒤덮었고, 가시나무가 하늘을 가렸다. 그 속에 집 한 채가 있는데, 크기는 작지만 매우 화려했다.

여인은 양생을 이끌어 함께 집 안으로 들어갔다. 어젯밤 펼쳤던 것과 같은 자리와 장막이 깔끔하게 정돈되어 있었다.

양생은 이곳에서 사흘을 머물렀는데, 그 즐거움은 여느 사람이 누리는 것과 다르지 않았다. 시중드는 여종은 아름답되 영악하지 않았고, 여러 기물器物은 깨끗하되 화려한 무늬 장식이 없었다. 인간세계가 아니리라는 생각이 들다가도 여인의 정답고 정성스러운 모습에 더 이상 의심을 품지 않게 되었다.

❦❦❦❦

11. **여우가 짝을~짝이 있도다** 『시경』위풍衛風「유호」有狐를 인용한 것이다. 과부가 홀아비에게 시집가고 싶어하는 마음, 혹은 혼기 지난 남녀가 짝을 찾는 마음을 노래한 시이다.
12. **노魯나라 길 확 트여~쏜살같이 달려가네** 『시경』제풍齊風「재구」載驅를 인용한 것이다. 노환공魯桓公의 아내인 문강文姜이 친남매간인 제양공齊襄公과 사통私通하던 일을 노래한 시로, 바람난 여인이 정부情夫를 만나러 달려가는 정황을 보여준다.
13. **개녕동開寧洞** 남원부南原府 동북쪽 50리에 있던 '거녕현' 居寧縣을 가리키는 것으로 보인다.

이윽고 여인이 양생에게 말했다.

"여기서의 사흘이 인간세상으로 치면 적어도 3년은 될 거예요. 그러니 이제 댁으로 돌아가 생업을 돌보셔야겠지요."

이리 말하더니 송별의 자리를 베풀었다.

양생이 어리둥절하여 이렇게 말했다.

"어찌 이리도 빨리 헤어져야 한단 말이오?"

"다시 만나 평생의 소원을 다 이루게 될 거예요. 오늘 누추한 제 집에 오신 건 분명 과거에 어떤 인연이 있었기 때문일 텐데, 제 이웃에 사는 친척들을 한번 만나 보셔야 하지 않겠어요?"

양생이 좋다고 하자 여인은 즉시 여종을 시켜 사방 이웃에 모임을 알리게 했다.

이웃에 사는 정씨鄭氏·오씨吳氏·김씨金氏·유씨柳氏는 모두 명문 대갓집 사람으로, 여인과 같은 마을에 사는 친척 규수들이었다. 모두들 성품이 온화하고 자태가 빼어나게 아름다우며, 총명하여 시를 지을 줄 알았다. 이들 네 사람이 양생을 송별하면서 칠언절구[14]를 네 편씩 지어 선사하겠다고 했다.

정씨는 자태에 운치가 있었고 풍성한 쪽 찐 머리가 귀밑머리를 가리고 있었다. 정씨는 한숨을 쉬더니 이렇게 읊조렸다.

---

14. 칠언절구七言絕句 일곱 자씩 네 구句로 이루어진 한시 형식.

봄밤에 꽃과 달이 다 어여쁜데
봄날의 긴긴 시름 몇 해였던가?
한스러워라 저 비익조[15]처럼
하늘에 나란히 올라 춤출 수 없으니.

무덤 속 등불 꺼졌으니 이 밤 얼마나 지났는지
북두성 기울려 하고 달도 반쯤 기울었네.
서글퍼라 깊은 내 집 찾는 이 없어
푸른 옷과 머리칼 헝클어졌네.

고운 님과 맺은 언약 어그러졌어라
봄바람 저버리고 좋은 때는 지나갔네.
베갯잇에 눈물 자국 둥근 점이 몇 개런가
뜰 가득 내리는 비가 배꽃을 때리누나.

긴 봄날 하릴없는 맘
쓸쓸한 빈산에서 몇 밤을 지새웠나?
남교 지나는 길손 보이지 않으니

---

15. **비익조**比翼鳥 암수가 각각 날개가 하나씩밖에 없어 함께 날아야 비로소 날 수 있다고 하는 상상의 새. 부부 사이의 좋은 금슬을 상징한다.

배항과 운교가 언제나 만날는지.[16]

오씨는 댕기머리를 곱게 딴, 연약한 여인이었다. 정이 솟아오르는 것을 참지 못하는 몸짓을 하더니, 정씨에 이어 다음의 시를 읊었다.

절에서 향 사르고 돌아가는 길
부처님께 소원 빌더니 누구와 맺어졌나?
꽃피는 봄날 달 뜨는 가을밤 가없는 한을
술동이의 한 잔 술로 녹였으면 하네.

촉촉한 새벽이슬 복사꽃 뺨 적시는데
깊은 골짝에 봄 깊어도 나비는 오지 않네.
이웃집에 인연 맺었단 소식이 기뻐
새 곡조를 부르며 금 술잔을 주고받네.

해마다 제비는 봄바람에 춤추건만

---

16. 남교 지나는 ~ 인제나 만날는지　'남교'藍橋는 중국 섬서성 남전현藍田縣 동남쪽의 남계藍溪에 있던 다리이다. '배항'裵航은 당나라 때의 인물로, 다음의 고사가 전한다. 배항이 아직 과거에 오르지 못했을 때 '운교'雲翹라는 부인을 만나 남교에 가면 좋은 배필을 만날 수 있다는 말을 들었다. 배항은 운교의 말에 따라 남교로 가서 결국 운영雲英이라는 미인을 만날 수 있었다.

애타는 춘심春心 부질없어라.
부러워라 두 연꽃 한 꼭지에 달려
깊은 밤 한 연못에 몸 씻는 모습.

일층의 누각 푸른 산에 있는데
연리지[17]에 맺힌 꽃 붉기도 하네.
서러워라 사람살이는 저 나무만 못해
젊은 나이에 박명해 눈물이 글썽.

김씨는 옷매무새를 바로 하고 의연한 태도로 붓을 적시더니 여인들이 앞서 지은 시에 단정치 못한 마음이 들어 있음을 꾸짖고 이렇게 말했다.

"오늘 일은 많은 말이 필요 없습니다. 다만 풍경을 노래하면 됐지, 왜 속마음을 토로하여 절개를 잃고 인간세상에 천한 마음을 알린단 말입니까?"

그러고는 낭랑한 목소리로 아래 시를 읊었다.

새벽 부는 바람에 두견새 우니

---

17. 연리지連理枝 전국시대戰國時代 한풍韓馮 부부의 무덤에 났다는 두 그루의 가래나무로, 뿌리는 서로 닿아 있고 가지는 서로 연이어 있었다고 한다. 흔히 금슬 좋은 부부를 일컫는 말로 쓴다.

희미한 은하수는 어느덧 동쪽으로.
옥피리 더는 불지 마오
내 마음 세상 사람과 통할까 두렵네.

금 술잔에 좋은 술 가득 부어
취토록 마시리니 많다고 사양 마오.
내일 아침 봄바람에 흙먼지 자욱하리니
한 자락 봄빛은 정녕 꿈일런가?

초록빛 비단 소매 살포시 드리우고
풍악 소리 들으며 일백 잔 술을 마시네.
맑은 흥취 다하지 않아 돌아가지 못하고
또 한 곡 새 노래를 지어 본다네.

티끌 속에 머리칼 더럽히기 몇 해던가
오늘에야 님 만나 웃음 한번 지어 보네.
고당[18]에서 여신 만난 일 말하지 마오
풍류 이야기가 인간세계에 새나가선 안 되니.

---

18. **고당高唐** 초楚나라의 운몽택雲夢澤이라는 연못에 있던 누대 이름. 초나라 회왕懷王이 여기서 꿈에 무산巫山의 여신女神과 만나 사랑을 나누었다는 고사가 있다.

유씨는 옅은 화장에 소복을 입었는데, 그리 화려하지는 않았지만 법도가 있어 보였다. 말하지 않고 묵묵히 있다가 미소 지으며 아래 시를 지었다.

정절 지키며 지내온 몇 해
고운 넋 어여쁜 몸 황천에 머물렀네.
봄밤 언제나 항아[19]와 함께하며
계수나무 꽃 곁에서 홀로 자기 좋아했지.

우습구나 봄바람의 복사꽃 오얏꽃들
만 점 꽃잎 나부끼다 인가에 떨어지네.
평생토록 파리조차 더럽히지 못했건만
어쩌다 곤륜산[20] 귀한 옥에 흠이 생겼나.

얼굴 단장 안 하고 머리는 봉두난발
티끌에 묻힌 경대엔 녹이 슬었네.
오늘 아침 이웃에 잔치 열렸다기에
머리에 꽃 장식하고 맵시를 내 보았네.

---

19. **항아姮娥** 달나라에 산다는 선녀. 본래 요堯임금 때 활 잘 쏘기로 이름난 예羿의 아내로, 남편이 서왕모西王母에게 불사약不死藥을 얻어 왔는데 그걸 훔쳐 달나라로 갔다는 고사가 있다.
20. **곤륜산崑崙山** 중국 서쪽에 신선이 산다고 하는 전설상의 산 이름. 좋은 옥이 많다고 한다.

낭자가 맞이한 얼굴 하얀 저 낭군은

하늘이 정해 주신 아름다운 인연.

월하노인[21]이 붉은 실 묶어 줬으니

양홍과 맹광[22]처럼 공경하며 살길.

여인이 유씨의 시 중 마지막 구절에 감동하여 자리에서 일어나더니 이렇게 말했다.

"나 또한 조금은 문자를 아니, 묵묵히 가만있을 수 없군요."

그러고는 칠언율시[23] 한 편을 지어 읊었다.

개녕동에서 봄날의 시름 안고

꽃이 피고 질 적마다 일백 가지 근심 이네.

무산[24] 구름 속에 님 모습 안 보이니

상강[25] 대나무 아래 눈에 가득 고인 눈물.

맑은 강 따뜻한 햇살에 원앙새 짝을 짓고

---

21. **월하노인**月下老人 붉은 실을 가지고 다니며 사람들에게 부부의 인연을 맺어 준다는 신神.
22. **양홍과 맹광** '양홍' 梁鴻은 후한後漢 때의 은사隱士이고, '맹광' 孟光은 그 아내이다. 서로 공경하며 화목한 가정을 이루었던 어진 부부로 유명하다.
23. **칠언율시**七言律詩 일곱 자씩 여덟 구句로 이루어진 한시 형식.
24. **무산**巫山 중국 호북성湖北省 서부에 있는 산. 초나라 회왕懷王이 꿈속에서 무산의 여신과 사랑을 나누었다는 고사가 있다.
25. **상강**湘江 순舜임금이 죽자 그 두 아내인 아황娥皇과 여영女英이 이곳에서 울다 투신해 죽었다는 고사가 있다.

구름 갠 하늘에는 비취새 노니누나.
우리가 맺은 이 좋은 동심결[26]에는
가을날 비단 부채[27]의 원망 일어나지 않기를.

양생 역시 글을 잘 짓는 사람이었으므로, 여인의 시 짓는 법이 맑고 고상하며 시의 음절이 또랑또랑한 데 감탄을 금치 못하였다. 그리하여 즉시 자리 앞으로 나오더니 붓을 휘둘러 옛날풍으로 지은 장단편[28] 한 편을 써서 화답하였다.

오늘밤은 어떤 밤인지
그대 같은 선녀를 만나다니.
꽃다운 얼굴 어여쁘기도 하지
붉은 입술은 앵두를 닮았네.
시는 어찌 그리 묘한가
이안[29]도 입을 다물어야겠네.
직녀織女가 베를 짜다 하늘에서 내려왔나
항아가 절구 찧다 달에서 내려왔나.

26. **동심결**同心結 부부 사이에 서로 마음이 변하지 않기를 맹세하기 위해 짓는 실매듭.
27. **가을날 비단 부채** 부채가 여름에만 소용되고 가을에는 소용되지 않는 데서, 실연당한 여인이 자신을 비유하는 말로 사용된다.
28. **장단편**長短篇 긴 구절과 짧은 구절이 뒤섞인 한시.
29. **이안**易安 송宋나라 때의 유명한 여성 시인 이청조李淸照의 호.

어여쁜 단장은 옥으로 만든 자리 비추고

오가는 술잔에 맑은 잔치 즐거워라.

운우[30]에는 아직 익숙지 않지만

술 마시고 노래하니 기쁘기 그지없네.

어쩌다 봉래도에 들어와

신선세계의 풍류를 마주하게 되었나.

술통에는 좋은 술이 가득하고

화로는 향기로운 연기를 뿜네.

백옥 상 앞엔 향가루 흩날리고

부엌의 장막은 산들바람에 한들거리네.

선녀와 내가 만나 합근주合卺酒를 마시니

오색구름 뭉게뭉게 이네.

그대는 보지 못했는가

문소와 채란[31]의 만남이며

장석과 난향[32]의 만남을.

사람의 만남에는 정해진 인연이 있나니

술잔을 들어 우리 함께 마셔 보세.

❄❄❄

30. **운우雲雨** 운우지정雲雨之情. 남녀간에 육체적으로 관계하는 정.
31. **문소와 채란** '문소'文蕭는 진晉나라 때의 선비이고, '채란'彩鸞은 선녀 오채란吳彩鸞을 말한다. 두 사람이 만나 부부가 되었다는 고사가 전한다.
32. **장석과 난향** '장석'張碩은 한漢나라 때의 신선이고, '난향'蘭香은 선녀 '두난향'杜蘭香을 말한다. 두 사람이 만나 부부가 되었다는 고사가 전한다.

낭자여 경솔한 말 마오
내가 가을이라 부채를 버리겠소?
영원히 우리 하나 되어
꽃 앞에서 달 아래서 헤어지지 맙시다.

술자리가 끝나고 헤어질 때가 되었다. 여인이 양생에게 은그릇을 하나 내주며 이렇게 말했다.

"내일 저희 부모님이 보련사[33]에서 제게 밥을 주실 거예요. 길가에서 기다리고 계시다가 함께 절에 가서 부모님께 인사를 드렸으면 하는데, 괜찮으시겠어요?"

양생은 그렇게 하겠다고 대답했다.

이튿날 양생은 여인의 말대로 은그릇을 들고 길가에서 기다리고 있었다. 잠시 후, 과연 명문가 여인의 대상[34]을 위한 행차가 보였다. 이들 일행의 수레와 말이 길을 가득 메운 채 보련사로 올라가다가 길가에 선비 하나가 그릇을 들고 서 있는 것을 보고는 하인 하나가 이렇게 말했다.

"아씨와 함께 묻은 물건을 누가 훔쳐서 갖고 있사옵니다."

주인이 말했다.

---

33. **보련사寶蓮寺** 남원부南原府 서쪽의 보련산에 있던 절인 듯하다.
34. **대상大祥** 3년상을 마치고 탈상脫喪하는 제사.

"뭐라고?"

하인이 말했다.

"이 선비가 아씨의 그릇을 가지고 있사옵니다."

주인이 말을 멈추고 사정을 묻자, 양생은 앞서 여인과 약속했던 일을 그대로 말했다. 여인의 부모가 놀라 한참을 어리둥절해 하더니 이렇게 말했다.

"우리 외동딸이 노략질하던 왜구의 손에 죽었는데 아직 장례를 치르지 못하고 임시로 개녕사[35] 골짜기에 매장했구려. 차일피일 하다 지금껏 장사를 지내지 못한 채 오늘에 이르게 되었소이다. 오늘이 벌써 세상을 뜬 지 두 돌이 되는 날이라 절에서 재齋를 베풀어 저승 가는 길을 배웅하려는 참이라오. 청컨대 딸아이와 약속했던 대로 여기서 기다렸다가 함께 절로 와 주셨으면 하오. 부디 놀라지 말아 주었으면 하오."

그렇게 말하고는 먼저 절로 갔다.

양생은 우두커니 서서 여인을 기다렸다. 약속 시간이 되자 여자 한 사람이 여종과 함께 사뿐히 걸어오고 있었다. 과연 기다리던 그 여인이었다. 양생과 여인은 기쁘게 손을 잡고 절로 향했다.

여인은 절에 들어가 부처님께 절하고 하얀 장막 안으로 들어갔다. 여인의 친척들과 절의 승려들은 모두 여인의 존재를 믿지 않

---

35. **개녕사開寧寺** 개녕동開寧洞에 있던 절.

았다. 오직 양생의 눈에만 여인이 보였기 때문이다. 여인이 양생에게 말했다.

"음식을 함께 드시지요."

양생이 여인의 부모에게 그 말을 전하자, 부모는 시험해 볼 생각으로 그렇게 해 보라고 했다. 수저 소리만 들릴 따름이었지만, 그 소리는 사람들이 밥 먹을 때와 똑같았다. 부모는 깜짝 놀라 마침내 양생더러 장막 곁에서 함께 자라고 권유했다.

한밤중에 말소리가 낭랑하게 들렸는데, 다른 사람들이 자세히 엿들어 보려 하면 그때마다 말소리가 뚝 그쳤다. 여인의 말은 다음과 같았다.

"제가 규범을 어겼다는 건 저 역시 잘 알지요. 어려서 『시경』詩經과 『서경』書經을 읽어 예의범절을 조금은 알고 있사오니, 「건상」[36]과 「상서」[37]가 부끄러워할 만한 것인 줄 모르지 않아요. 하오나 오랜 세월 쑥대밭 너른 들판에 버려진 채 살다 보니 마음속에 있던 정이 한번 일어나자 끝내 다잡을 수 없었어요.

며칠 전 절에서 소원을 빌고 불전佛殿에 향을 사르며 제 기구한 일생을 한탄하던 중에 문득 삼세[38]의 인연을 이루게 되었지요. 서방님의 아내가 되어 나무비녀를 꽂고 백 년 동안 시부모님을 모시

---

[36] 「건상」褰裳 『시경』 정풍鄭風의 시. 자유분방한 여인의 마음을 읊은 노래.
[37] 「상서」相鼠 『시경』 용풍鄘風의 시. 예의를 모르는 사람을 풍자한 노래.
[38] 삼세三世 전세前世·현세現世·내세來世.

며 음식시중에 옷시중으로 평생 아내의 도리를 다하고 싶었어요.

하지만 한스럽게도 정해진 운명은 피할 수 없고, 이승과 저승의 경계는 넘을 수 없군요. 기쁨이 아직 다하지 않았는데 슬픈 이별이 눈앞에 이르렀어요. 이제 나와 놀던 미인은 병풍의 그림 속으로 들어가고,[39] 아향은 수레를 밀며,[40] 양대에는 구름과 비[41]가 걷히고, 은하수 건네주던 까마귀와 까치[42]도 흩어질 시간이에요.

지금 이별하고 나면 다시 만나긴 어렵겠지요. 이별할 때가 되니 너무도 서글퍼 무슨 말을 해야 할지 모르겠어요."

이윽고 여인의 영혼을 떠나보내는데 여인의 울음소리가 끊이지 않았다. 잠시 후 문밖에서 여인의 목소리가 은은하게 들려 왔다.

　　이승의 나날 정해져 있어
　　애처로이 이별하네.
　　바라건대 우리 고운 님

---

39. **나와 놀던 미인은~그림 속으로 들어가고**　당나라 때 어떤 선비가 술에 취해 누웠다가 깨어 보니 병풍 그림 속의 여인들이 평상平床에 내려와 장단을 맞추며 노래를 부르고 있으므로 놀라서 꾸짖자 여인들이 도로 병풍 속으로 들어갔다는 고사가 전한다.
40. **아향은 수레를 밀며**　뇌신雷神(우레의 신)인 아향阿香이 뇌거雷車(우레 수레)를 밀면 우레가 치고 비가 내린다는 고사가 있다.
41. **양대에는 구름과 비**　'양대'陽臺는 중국 중경시重慶市 무산현巫山縣 고도산高都山에 있던 누대 이름이다. 무산巫山의 여신이 여기서 아침에는 구름이 되고 저녁에는 비가 되었다는 고사가 있다. 흔히 남녀가 정을 나누는 것을 말한다.
42. **은하수 건네주던 까마귀와 까치**　견우와 직녀의 만남을 위해 은하수에 오작교를 놓았던 까마귀와 까치.

영영 헤어지지 말았으면.
슬퍼라 나의 부모님
딸자식 시집보내지 못하셨네.
아득한 황천길
마음에 한이 맺혀라.

    소리가 점점 잦아들더니 울음소리와 구별되지 않았다. 여인의 부모는 양생의 말이 모두 사실임을 알고 더 이상 의심하지 않게 되었다. 양생 역시 여인이 귀신임을 깨닫고 마음이 더욱 아파 여인의 부모와 머리를 맞대고 울었다.
    여인의 부모가 양생에게 말했다.
    "은그릇은 자네 좋을 대로 하게. 딸아이 소유로 밭 몇 마지기와 노비 몇 명이 있는데, 자네가 소유하여 신표信標로 삼고 우리 아이를 잊지 말아 주게."
    이튿날, 양생은 소를 잡고 술을 마련하여 여인과 함께 지내던 곳을 찾아갔다. 과연 임시로 만든 무덤이 하나 있었다. 양생은 제사상을 차리고 애통해 하며 지전[43]을 태웠다. 마침내 여인의 장례를 치르고 제문祭文을 지어 여인의 혼령을 위로하였다. 제문의 내용은 다음과 같다.

---

43. **지전紙錢** 종이로 만든 가짜 돈. 불교에서 저승에 가서 쓰게 한다고 관棺에 넣거나 명복을 비는 재齋를 지내며 태웠다.

그대의 영혼은 태어날 때부터 따뜻하고 고왔으며, 자라서는 맑고도 순수하였소. 그대의 모습은 서시[44]와 같았고 글 짓는 재주는 주숙진[45]보다 뛰어났소.

규방을 나서지 않고 부모님의 훌륭한 가르침을 따르며 살다가, 난리에 몸을 온전히 보존하던 중 왜구를 만나 스러지고 말아, 쑥대밭에 홀로 던져져 꽃과 달 보며 마음 상하였소. 봄바람 불면 애간장 끊어지며 두견새의 피눈물 슬퍼했고, 가을 서리에 가슴이 쪼개지며 가을날 버림받은 부채를 가여워 했소.

그러던 어느 날 하룻밤 만남으로 우리 두 사람 마음의 실마리가 얽히게 되었소. 저승과 이승의 경계를 알면서도 물고기가 물을 만난 듯이 함께 즐기기를 다하였소. 장차 백년해로하자 했건만 하루아침에 슬픔과 고통이 닥칠 줄 어찌 알았겠소?

그대는 달나라 항아였소, 무산의 여신이었소? 땅은 어둑어둑하여 돌아갈 수 없고 하늘은 아득하여 바라볼 수 없소. 집에 들어와서는 말없이 망연자실할 뿐이요, 밖에 나가서는 멍하니 갈 곳을 모르겠소.

---

44. **서시西施** 춘추시대 월越나라의 미인 이름.
45. **주숙진朱淑眞** 송나라의 여성 시인.

그대 영혼 앞에 서니 흐르는 눈물 감출 수 없고, 술 한 잔 따르자니 마음이 더욱 아프오. 그대 그윽한 모습이 눈에 선하고, 그대 낭랑한 목소리 귓전에 울리오.

아아, 애달파라! 그대의 본성은 총명했고, 그대의 기질은 빼어났소. 삼혼[46]이 흩어진들 그대의 혼령이 어찌 사그라지겠소? 마땅히 강림하여 뜰에 오르고, 그대의 기운이 내 곁으로 오기를 바라오. 산 자와 죽은 자의 길이 다르다 하나, 추모하는 이 마음 그대에게 닿았으면 하오.

그 뒤 양생은 슬픔이 극에 달해 논밭을 모두 팔아 여인을 위한 재齋를 거듭 베풀었다.

어느 날 밤이었다. 하늘에서 여인의 목소리가 들려왔다.

"서방님의 정성을 입어 다른 나라에 남자로 태어나게 되었답니다. 저승과 이승이 멀리 떨어져 있지만 서방님께 감사하는 마음을 잊을 수 없군요. 서방님께서도 선업善業을 닦으셔서 함께 윤회를 벗어나도록 해요."

양생은 이후 혼인하지 않고 지리산에 들어가 약초를 캤는데, 그 뒤 어찌 됐는지는 알 수 없다.

---

46. **삼혼三魂** 도가道家에서 말하는, 인간에게 있다는 3개의 혼. 즉 태광台光·상령爽靈·유정幽精.

작품 해설

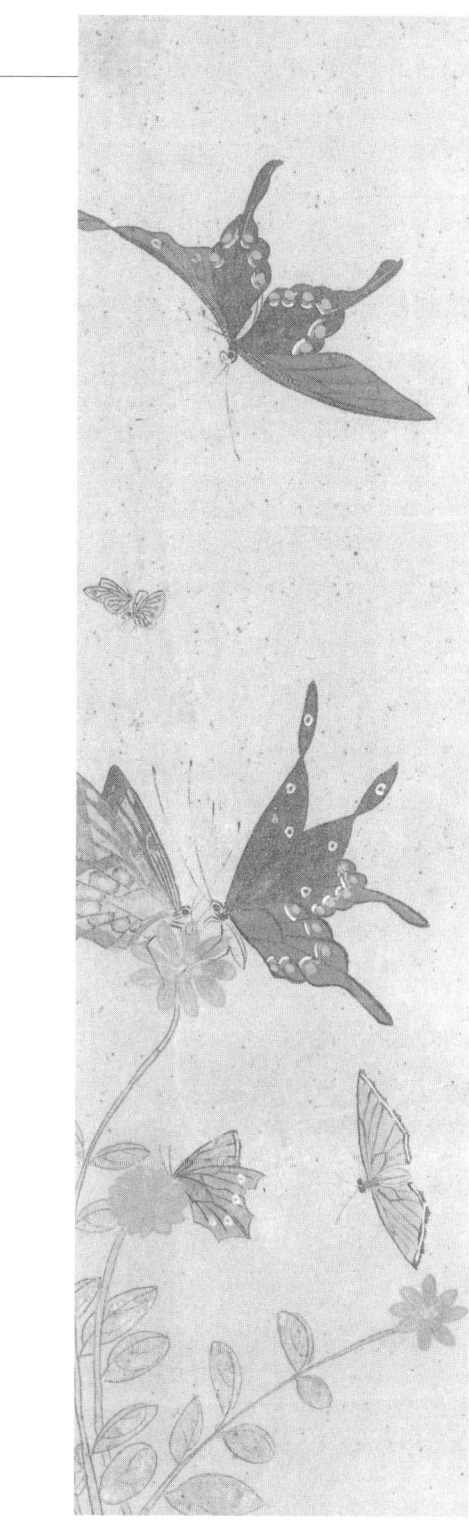

　　　　　이 책에 실린 여섯 편의 작품은 15세기와 16세기에 한문으로 창작된 애정소설들이다. 이 작품들은 애정소설의 범위를 넘어 16세기까지의 우리 소설 전체를 대표하는 작품이기도 하다. 신라 말 고려 초 무렵부터 창작되기 시작한 우리 소설이 활짝 꽃을 피우기 시작한 것이 바로 15세기와 16세기이다. 김시습의 걸작 『금오신화』를 시작으로 권필의 「주생전」에 이르기까지 이 시기 우리 소설의 주류는 단연 애정소설이었고, 이 시기 애정소설의 대표작들은 거의 한결같이 높은 예술성을 확보하고 있다. 15세기와 16세기에 걸쳐 빼어난 애정소설이 연이어 등장함으로써 소설에 대한 독자들의 인식 수준 또한 비약적으로 높아진다. 그런 점에서 볼 때 17세기 이후 여러 갈래의 소설이 등장하여 다양한 면모를 드러내며 소설사를 다채롭게 만든 공로는 바로 이 책에 수록된 소설 작품들에게 있다고 할 수 있다.

　'천년의 우리소설' 제1권에 실린 17세기와 18세기의 애정소설들에 앞서 창작된 15세기와 16세기의 애정소설 작품들 역시 청춘 남녀의 사랑을 다양한 방식으로 그려 보이고 있다. 이 책에 실린 조선 전기의 애정소설들과 제1권에 실린 조선 후기의 애정소설들이 어떠한 공통점과 차이점을 가지고 있는지 비교해 보는 것도 흥미로운 일이 될 것이다.

▪▪▪ 「안생전」安生傳은 성현成俔(1439~1504)이 지은 소설이다. 성현은 조선 초의 문신으로, 호는 용재慵齋 혹은 허백당虛白堂이며, 예조판서·대제학 등을 역임했다. 저서로는 『허백당집』虛白堂集과 『용재총화』慵齋叢話가 전한다.
「안생전」은 본래 『용재총화』에 아무런 제목 없이 실려 있는데, 이 책에서 임의로 제목을 붙였다. 이 작품은 그동안 설화에 속하는 것으로 간주되어 왔으나, 실은 설화로부터 '소설'로 상승하는 과정을 보여주는 작품이라 해야 온당하다고 본다. 짧은 편폭의 간결한 작품이긴 하지만 사랑하는 두 남녀와 이들의 사랑을 가로막는 권력자 간의 갈등 및 비극적 결말이 함축적으로 그려져 짙은 여운을 남기고 있다. 동일한 소재를 다룬 작품이 서거정徐居正(1420~1488)의 『태평한화』太平閑話와 이육李陸(1438~1498)의 『청파극담』青坡劇談에 각각 수록되어 있는데, 이들 작품이 설화 수준에 머물러 있는 것과 달리 「안생전」은 비극적인 애정소설의 기본 요소를 비교적 잘 갖추고 있다 하겠다.

▪▪▪ 「주생전」周生傳은 권필權韠(1569~1612)이 지은 소설이다. 권필은 선조宣祖·광해군光海君 때의 으뜸가는 시인으로, 호는 석주石洲이다. 과거 시험에 뜻이 없어 평생 시와 술로 낙을 삼으며 가난하게 살았고, 허균許筠과 조위한趙緯韓 등 당대의 대표적인 문인들과 가깝게

지냈다. 풍자시에 능했는데, 결국 광해군 초에 외척外戚의 방종을 풍자한 시를 지었다가 임금의 친국親鞫을 받은 뒤 유배형을 받았고, 귀양 가는 도중에 생을 마쳤다. 저술로 문집인 『석주집』石洲集이 전한다.

「주생전」은 중국의 이름난 애정소설을 도처에서 패러디하는 등 동아시아 애정소설의 전통을 잘 따르고 있는 작품이다. 반면에 남녀의 삼각관계를 스토리 전개의 주요한 계기로 삼고 있는 점이 독특하다. 우리 소설사에서 남녀의 삼각관계를 본격적으로 다룬 작품은 「주생전」이 처음이다. 삼각관계의 구현을 통해 「주생전」은 우리 애정소설이 견지해 오던 일대일의 남녀관계라는 일반적인 틀을 허물고 새로운 작품 세계를 만들어 냈다. 한편 남주인공 주생은 욕망과 신의信義를 통일하는 것이 아니라 신의를 버리고 욕망을 추구하는 인물로 그려진다. 이전의 우리 애정소설에서 발견되지 않던 새로운 인간형인 것이다. 이런 점에서 「주생전」은 긍정적이든 부정적이든 욕망의 문제를 다룬 최초의 의미 있는 소설 작품으로 기억될 필요가 있다.

「주생전」은 앞선 시기의 단편소설에 비해 분량이 꽤 확장되어 있다. 전반부에 놓인 주생과 배도의 사랑, 후반부에 놓인 주생과 선화의 사랑이 결합된 결과, 작품의 길이가 중편 분량으로 늘어났다. 「주생전」 이후 「최척전」崔陟傳·「운영전」雲英傳 등 작품 분량이 확대된 중편 애정소설이 속속 등장하는데, 이들 작품은 모두 양적 확대에 따른 주목할 만한 질적 변모를 보여 준다. 세부 묘사가 강화되고 인물 성격이 좀 더 구체적으로 제시되며 주인공 외의 보조적 인물이 주요하게 등장하는 점 등을 그 변모 내용으로 들 수 있는데, 「주생전」은 이러한 변화를 선도하는 역할을 하고 있다.

••• 「하생기우전」何生奇遇傳은 신광한申光漢(1484~1555)이 지은 소설이다. 신광한은 조선 전기의 문신으로, 호는 기재企齋이다. 신숙주申叔舟의 손자로서 시에 능했다. 중종中宗 때 신진 사대부의 한 사람으로 조광조趙光祖(1482~1519)와 함께 기묘사화의 피해를 입은 바 있었지만, 훗날 을사사화 때에는 소윤小尹의 일원으로서 반대파인 대윤大尹을 제거하며 공신이 되었고 이후 이조판서·대제학·좌찬성左贊成 등을 역임했다. 저서로는 문집인 『기재집』企齋集과 소설집인 『기재기이』企齋記異가 전한다. '하생의 기이한 만남'이라는 뜻의 「하생기우전」은 『기재기이』에 실려 있다.
「하생기우전」의 설정은 김시습의 「만복사저포기」와 흡사하다. 그러나 「하생기우전」은 「만복사저포기」와는 달리 비극적 결말을 취하고 있지 않다. 비극적 애정소설의 걸작이 가진 긴장감이나 문제 환기력은 없지만, 여주인공의 환생에 이어 '신의'가 강조되면서 결국 행복한 결말에 이르는 과정이 나름 흥미롭게 그려져 있다. 여주인공의 아버지인 시중侍中이 반대파 인물들을 해코지한 벌로 다섯 아들을 잃게 되었다는 설정에는 신광한이 직접 체험했던 16세기 조선의 사화士禍가 반영되어 있기도 하다.

••• 「월단단」月團團은 서거정徐居正(1420~1488)이 지은 소설이다. 서거정은 조선 초의 문신으로, 호는 사가정四佳亭이다. 높은 벼

슬을 두루 지냈으며, 외조부인 권근權近에 이어 오랫동안 대제학大提學으로서 문학계의 영수 노릇을 했다. 저서로는 문집인 『사가집』四佳集 외에 『동인시화』東人詩話, 『필원잡기』筆苑雜記, 『태평한화골계전』太平閑話滑稽傳 등이 전한다. 「월단단」은 다른 『태평한화골계전』에는 보이지 않고 일본 천리대天理大에 소장된 『태평한화』太平閑話에만 실려 있다. 천리대 소장 『태평한화』는 본래 18세기의 저명한 실학자인 안정복安鼎福이 가지고 있던 책이다.

「월단단」은 '소화'笑話 곧 우스개 이야기의 성격이 강한 작품이다. 그러나 이 작품은 서사와 세부 묘사가 확대되면서 일반적인 '소화'에 비하여 분량이 대폭 확장되어 있다. 이런 점에서 「월단단」은 '소화' 혹은 소화적 성격을 띤 '사대부 일화逸話'가 소설로 전환된 사례로 보는 편이 적절하다. 「월단단」은 '소화'에 뿌리를 두고 있기에 비극적인 애정소설의 기본 구도를 갖추고 있음에도 불구하고 여타의 애정소설과 다소 다른 지향을 갖게 되었다. 조선 초에 창작된 대다수의 소설과는 달리 환상적인 요소가 전혀 없이 시종 현실적인 인과관계에 따라 사건이 전개되는 점도 특기할 만하다.

「월단단」은 비슷한 시기에 창작된 『금오신화』와 여러모로 대조가 된다. 두 작품의 작자는 대단히 이질적인 의식과 취향을 가지고 있다. 「월단단」에서 서거정이 당대에 가장 부귀를 누리며 현달했던 사대부의 의식을 보여 준다면, 『금오신화』에서 김시습은 가장 고독하고 반체제적인 삶을 영위했던 방외인方外人(체제 밖의 인물)의 의식을 보여 준다.

■■■「만복사저포기」萬福寺樗蒲記와「이생규장전」李生窺墻
傳은 모두 김시습金時習(1435~1493)의 소설집『금오신화』金鰲新話에 실린 작품이다. 김시습은 조선 초의 대표적인 문인이요 사상가이다. 호는 매월당梅月堂 혹은 동봉東峰이며, 생육신生六臣의 한 사람으로, 수양대군의 왕위 찬탈에 통분하여 평생 방랑하며 비분悲憤 속에서 살았다. 유儒·불佛·선仙을 두루 섭렵했으며, 애민적愛民 사상이 담긴 시문을 많이 남겼다. 저서로는 문집인『매월당집』梅月堂集과 소설집인『금오신화』가 전한다. 현재 전하는『금오신화』에는 모두 다섯 편의 작품이 수록되어 있는데,「만복사저포기」,「이생규장전」,「취유부벽정기」醉遊浮碧亭記,「남염부주지」南炎浮洲志,「용궁부연록」龍宮赴宴錄이 그것이다.
　'만복사저포기'라는 제목은 '만복사에서 저포 놀음을 한 일을 기록한 글'이라는 뜻이다. '저포'는 주사위를 던져 말을 옮기는, 윷놀이 비슷한 놀이다.「만복사저포기」는 주인공 양생이 부처님과 내기를 하여 배필을 맞는다는 발상이 흥미롭고, 양생과 여인이『시경』의 시 구절을 이용하여 주고받는 재치 넘치는 대화도 일품이다. 이 작품은 짧은 만남의 기쁨 뒤에 찾아오는 이별의 슬픔이 긴 여운을 남긴다. 우리 애정 소설의 비극적 성향과 관련해서 김시습의 이 작품은 매우 중요한 위치를 차지한다.
　'이생규장전'이라는 제목은 '이생이 담장 너머를 엿본 이야기'로 풀이된다.「이생규장전」역시「만복사저포기」와 마찬가지로 생生에 대한 작가의 인식 태도를 잘 보여 준다. 즉 인간의 삶이란 만남과 이별, 기쁨과 슬픔의 교차라는 것이며, 기쁨이 미처 다하기도 전에 문득 슬픔이 닥쳐오게 마련이고, 그러한 운명 앞에 인간은 무력한 존재일 뿐이라는, 비극적인 세계 인식을 작품의 기저에 깔고 있다. 이 작품은 어떻게 살아야 할 것인가 하는 문제도 심각하게 제기하고 있다. 작자는 남녀 주인공을 통해 인간은 모름지기 인간으로서의 지조와 절의節義를 지켜야 함을 힘주어 말하고 있는 것이다.

남녀의 사랑은 어느 시대 인간에게나 가장 큰 기쁨이자 고민거리이다. 수많은 문학 작품이 남녀의 행복한 혹은 불행한 사랑을 다룬 이유가 바로 여기에 있다. 사랑에 관한 빼어난 소설은 대개 가장 순수하면서도 절실한 사랑을 그려 낸다. 그 절실한 사랑이 금지되고 그 난관을 넘어설 길이 없을 때 사랑은 그 자체의 범위를 넘어 심각한 문제를 제기한다. 우리 시대의 가장 절실한 사랑은 어떤 모습일지, 절실하지만 금지된 사랑은 어떤 모습일지, 오백 년 전의 옛 소설을 읽으며 지금의 문제를 비추어 보는 계기가 되었으면 한다.

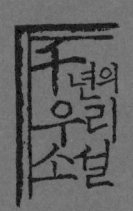